谢　孟　著

永驻的师魂

谢孟自选集

作家出版社

## 图书在版编目（CIP）数据

永驻的师魂：谢孟自选集／谢孟著 . -- 北京 ：作家出版社，2021. 10

ISBN 978-7-5212-1525-0

Ⅰ . ①永… Ⅱ . ①谢… Ⅲ . ①文学 - 作品综合集 - 中国 - 当代 Ⅳ . ①I217.2

中国版本图书馆CIP数据核字（2021）第188357号

**永驻的师魂——谢孟自选集**

作　　者：谢　孟

责任编辑：韩　星

装帧设计：刘红刚

特约编辑：边庆利

出版发行：作家出版社有限公司

社　　址：北京农展馆南里10号　　邮　　编：100125

电话传真：86-10-65067186（发行中心及邮购部）

　　　　　86-10-65004079（总编室）

E-mail:zuojia@zuojia.net.cn

http://www.zuojiachubanshe.com

印　　刷：唐山嘉德印刷有限公司

成品尺寸：152×230

字　　数：170千

印　　张：17

版　　次：2021年10月第1版

印　　次：2021年10月第1次印刷

ISBN 978-7-5212-1525-0

定　　价：46.00元

# 作者简介

### 谢孟

男，教授，1940年生于四川，1963年毕业于北京大学中文系文学专业，先任教于中学；后调至国家教育部独立创办中国教育学会会刊；1981年到中央广播电视大学（现为国家开放大学）参与创办文科，并任前文法部汉语言文学教研室主任、兼学校教学指导委员会中国语言文学与历史教学组成员、远距离高等教育学会常务理事。

谢孟除主持全国电大系统中国古代文学课程的建设与教学，还与北京大学美学教授杨辛先生共同主编教材《艺术赏析概要》（中央电大出版社），后经修改和补充，转由北京大学出版社出版为全国高校美育教材《艺术欣赏教程》，其第2版被评审为"十二五"普通高等教育本科国家级规划教材。

此后十余年中，谢孟除编写《中国古代文学作品选注》等多种电大教材；还发表了《杜甫在华洲的"诗兴"——兼评郭沫若同志<李白与杜甫>》（《文学评论丛刊》）、《世界教育的现在及其将来》（《百科知识》）等关于文学、教育、语言、写作等方面的学术论文百余篇和专著《跬步集》《现代教育论集》，并相继被《新华文摘》等报刊转载。其中《中国远距离教学教材总体设计的构想》一文的英译在澳大利亚发表后，该文被国外同行称为"破除了他们'亚洲人不懂教材设计的研究'的歧视想法"。

香港回归前，谢孟有幸参加了由香港中文大学特邀大陆和台湾学者共同编写的专在海外发行的《中国文学古典精华》一书的撰稿和统稿工作；退休后，用七年时间，主持了"十一五"国家重点音像出版规划选题《中国文化专题讲座》（原中央广播电视大学音像出版社出版，共25讲）的建设，该讲座被著名学者乐黛云誉为"传世之作"。该讲座首讲《汉字与中国文化》(由中国辞书学会会长、北京大学教授曹先擢主讲)荣获全国教育优秀音像制品一等奖，还与张艺谋导演的电影《英雄》并列为国家音像制品奖提名奖。

师魂永驻未名湖

远去的陶棨，安息吧

茂林修竹梦红楼

思绪万千正当时

父母情深度时艰

一家老小寻乡情

三口之家乐融融

师生共享秋意浓
（左一为学生李亮，中间为本人与妻，右一为李亮女儿）

原子球前好惬意

我给学生赠诗集

在作家刘绍棠（右）家中畅谈小说创作

与恩师冯钟芸教授（左）在香港开会时合影

与美国密歇根大学终身教授杜祖贻（右）
在香港开会时合影

与著名画家张孝友（左）在他的界画作品旁合影

在国家开放大学激情朗诵诗歌

每年春节，我与夫人均去拜访恩师冯钟芸和她的先生
——著名哲学家、历史学家、国家图书馆馆长任继愈教授

# 自　序

进入"小说篇"，自然都是讲故事。但论讲故事，有讲得精彩的，也有讲得无彩的。当然，我一直追求那精彩的。

首篇《小飞飞的梦》，是我尝试童话创作的一次实践。怀着一颗不泯的童心，沿着儿童们的心路历程，通过丰富的想象及幻想，运用夸张、拟人等手法和适合儿童的浅显、易懂、生动的语言，娓娓道来一个神奇而美妙的故事，令小读者们在获得乐趣的同时增长科技文化知识。少年儿童出版社（上海）1980年10月出版的《365夜（下）》收录了该文，并请著名画家戴敦邦先生为此文绘制了精美的彩色插图，亦拿此文作为《365夜》后续征稿的范文。1982年5月该社又另行出版了彩色小人书《小飞飞的梦》。

《远去的陶棻》是一篇写实性小说，它以笔者亲历的事件为主线，真实而深刻地记述了一件本不该发生的悲剧。本文前部分笔者用饱蘸深情的笔墨勾画了陶棻——一位笔者邂逅的马列修养颇高、革命理想坚定、朝气蓬勃且深受学生爱戴的中学党支部书记的光辉形象，而后在得知他竟在1957年"反右"运动中被打成"右派"时，对心中无比崇拜的偶像跌落"神坛"，变成人人唾弃的"坏人"的不解、困惑、悲悯……以至后来不期而遇的尴尬场景，入木三分地刻画出笔者当时内心的挣扎与煎熬，进而烘托出时代悲剧的多重色彩，并无声地呐喊：但愿此类悲剧不再重演！……此文已在由许承庸校长主编的《长毋相忘——献给北京市三十一中学九十周年华诞》一书中全文发表，影响颇巨。

对比话题沉重且更像一部历史剧的《远去的陶棨》，《笑声，在理发馆里》则更像一部轻松幽默的市井风情剧，它是笔者探索特殊语境下，个性化语言运用的一次有益尝试。一次，笔者目睹了胡同理发馆里一起矛盾冲突从发生、转化，到化解的自生自消的全过程，就此题材创作时，除了真实、生动地还原了此情此景，更突出人物对话的描写：或平实或拙朴，或诙谐或幽默，或辛辣或曲缓……如此多样的对话跃然纸上，让人物鲜活起来，文章显得更有生机，富有灵气；也让读者在充满现场感的多彩的北京市井文化感染下，领略了人与人之间要"宽容、理解，互相帮衬"的深刻意义。

《赴宴》是一篇尝试性的意识流小说，意在打破时空界限，通过事实与虚幻、现实与回忆的互相交织来回流动，直接与间接的内心独白，使叙事显得扑朔迷离。这种虚中有实、实中有虚，把读者带到一个飘忽不定的虚幻世界，在恐怖离奇中展开多重想象，或置换为美的图景，进而产生强刺激后的快感，令读者回味。

......

故事性、可读性、艺术性、思想性、娱乐性，有人把这五性定义为好小说的五个特质。我不敢妄言自己的小说达到了此标准，但至少它们是朝此努力的。

我的小说篇目不多，但自己断言它是"少而精"，即不求丰产，但求"精致"。这"精致"就是：围绕不同立意而尝试不同的写作方法，加强修养与功力的提升，走出约束自己的藩篱，深入读者的心里、生命里。

接着走进"散文篇"，则是另外一种天地。它没有一点儿虚构，源于生活的真实；它声情并茂，行文灵活；它个性化鲜明，精神内涵深蕴其中。

《永驻的师魂》是笔者为《现代教育论集》着力打造的一篇散文。该集出版之前，笔者萌生了撰写"北大名师教学风采"的散文，以总结他们教育教学之精华，欲给现代教育作点儿贡献。几位名师都是授课予我的恩师，他们各具风采，要想写好他们也很不易。如何概括出他们的特点，如何凝练出他们的为人及授业之道？因年代久远，记忆已有些淡漠，就要把笨功夫用上。首先，把仍存于记忆库里的素材调动出来，并记录下来；其次，记忆模糊的，借助昔日笔记勾起回忆；再次，找寻当年同学共同回忆……终于，功夫不负有心人，素材准备较为齐全。后经过取舍、概括、思考，到最后撰写，昔日王力、季羡林、冯至、林庚、朱光潜、宗白华、吴组缃、朱德熙、冯钟芸、赵齐平、陈贻焮等十一位名师，品德高尚的为人之道，严谨务实的治学态度，气度非凡的人格魅力等，在《永驻的师魂》一文中淋漓尽致地展现出来，各具特色的鲜活形象跃然纸上。而"吴组缃：小说家讲小说""朱德熙：年轻的长者""目光·刺人·征服力——忆朱光潜先生讲课"等精心打造的小标题更起到凝练全文、引领读者、增加可读性的作用。该文被收录在《现代教育论集》（北京大学出版社2008年8月出版）。该书序言作者杜祖贻教授（美国密歇根大学终身教授）评价说，将前辈学者的风范一一呈现于世……获悉了这些大师们渊博的学识、认真的治学精神，以及培育后学的热忱；……前贤如王力教授等，都是今日年轻教育工作者的典范。

笔者年轻时读过伏契克《绞刑架下的报告》，却未曾见过绞刑架，但在李大钊纪念馆里见到了，并受到极大的震撼。那由特殊方钢制成、粗粗的两条绞索冷冷地挂在坚固的横梁上的绞刑架，虽是复制品，仍透出当年敌人的狰狞。《绞刑架下的凝思》一文始终围绕绞刑架展开叙述，时而描述，时而发问；时而思考，时而回味……在描述大钊先生遭到残酷行刑的场面之后，笔者挥笔写出神女与大钊先生关于信仰的精彩对话，其实这也是普罗大众的提问：何谓信仰？如何看待信仰？当下文魔鬼亵渎正义之声时，笔者又义正辞严地以革命的批判精神予以有力的驳斥。尝试意识流的巧妙运用，让文章的思想有了穿透力，愈加彰显了大钊先生的不死精神。全文情绪激昂，荡气回肠，文字凝练隽秀，字里行间都洋溢着对英雄精神的赞扬。《中国教育报》于2003年6月24日第8版全文刊登。不少读者反映，该篇彰显了革命先烈的崇高精神，读后让人热血沸腾！

《云顶寨——一个消失了的神话》，以饱满的思乡之情，采用见闻式笔法，展现了极强的现场感和画面感；同时叙中加议的笔触，又使文章具有深刻的内涵。现代时尚语言的运用，比如："云顶寺……网红打卡之地""梁家小店的美食……成功地挑战了我们的舌尖"等，使文章更具有现代感，富有朝气。通篇见闻、叙述、思考穿插自由，变化起伏，呈现出散文的灵动与可读性。

《妻子的三部曲》，力求真实、生动。因此，它以平实、朴素的语言，客观地描绘了妻子人生的三个阶段，而在每个阶段，又都有鲜活而生动的细节描写，令本篇增色不少！该文通篇洋溢着"不懈地追梦"的向上精神，真实性中渗透着人生的真谛。

……

纵观自己的散文，虽谈不上篇目甚多，但还"异彩纷呈"。笔者满足于它们把我鲜活的感觉带到了文字的苗圃，使具有了生命特征与活力的文字再现我眼中的世界。

"评论篇"则展示的是笔者对教育领域重大问题的探讨与研究。这些文章看似板着面孔说话，实则背后深藏着笔者对教育的深情，表现出笔者对教育高度的使命感和责任感。《世界教育的现在及其将来》和《中国教育的现在及其将来》，这一对姊妹篇用充分的论据、理性的分析，从宏观到微观，从历史到现在再到将来，全方位地深入论述世界及我国教育的现状、发展及走向，并提出可行性的对策，具有较强的学术性及权威性，给我国教育的发展蓝图增加了参考价值。《世界教育的现在及其将来》一文载于《百科知识》1982年第3期，《新华文摘》1982年第4期转载。《中国教育的现在及其将来》一文载于《现代化知识讲座》第7辑。

"学术篇"收集的论文，均属于笔者的专业范畴——中国古典文学，它们只是笔者著作中的冰山一角。传播中国古典文化，让经典永流传，笔者除了进行名篇《兰亭集序》的讲析，《李白诗歌中的意向》等的赏析，还对中国古典文学的大家格外关注。《杜甫在华州的"诗兴"》一文，笔者运用详尽的史料，加之周密、客观的分析，得出：杜甫在华州的"诗兴"，不是游山玩水的闲情雅致，而是忧国忧民的倾心之作，对郭沫若先生《李白与杜甫》一书里几处关于杜甫在华州创作的说法，提出完全不同的见解。该文刊登在《文学评论丛刊（第五辑）》（中国社会科学出版社1980年）。《政治功利与白居易新乐府》一文是笔者针对《光明日报》某文里对白居易与新乐府的偏颇认识而发表的不同见解，提出了"我们不能简单地以政治功利与作品的成就相对立，更不能以是否含有政治功利作为衡量作品优劣的尺度"，再一次肯定了新乐府是白居易在中国古典诗歌创作中的一项有重大影响力的积极探索，为白居易和新乐府正了名。

"颂扬真善美，鞭挞假恶丑；弘扬经典，荡涤糟粕；追求思想高度，向社会传递向上的精神与力量，为中华文化的更加灿烂增添一抹重彩！"始终是我写作追寻的目标。为心中的目标努力，再努力！

辛丑之春于北京方庄未名斋

# 目　录

## 小 说 篇

## 散 文 篇

## 评论篇

## 学术篇

小说篇

# 小飞飞的梦

夏天的一个晚上，小飞飞跟妈妈在院子里乘凉。小飞飞在小竹床上躺着，妈妈一边给他扇扇子，一边唱儿歌给他听：

月亮姑姑，

月亮姑姑，

有时像面大圆镜，

有时像把小木梳……

这时候，月亮姑姑笑盈盈的，正瞧着小飞飞呢，好像在说："小飞飞，快飞到我这儿来玩玩吧！"

小飞飞可高兴了，一骨碌从小竹床上跳下来，跑到屋子跟前，顺着南瓜藤往上爬，一直爬到屋顶上。他还顺手摘了个大南瓜，准备送给月亮姑姑呢。可是呀，月亮姑姑还离得很远，很远。

小飞飞一蹦，从屋顶上蹦下来，一直跑到屋子后面的山上去了。这山可高了，可是呀，月亮姑姑还是离得很远，很远。

"月亮姑姑，月亮姑姑，你怎么这么高呀？"小飞飞哭了，眼泪扑簌扑簌扑簌，掉在密密的树叶上。

忽然，大树开口说话了："好孩子，不要哭，我送你到月亮姑姑那儿去。"说完话，树干就呼呼地往上长，往上长，把小飞飞一直送到月亮姑姑跟前。

月亮姑姑笑盈盈，伸出手来，一下把小飞飞抱在怀里。小飞飞高兴得乱蹦乱跳。咦，他轻轻一跳，就跳得很高很高，像孙悟空似的。啊，在这儿，他的身子比在地球上轻多了。

小飞飞看着满天星星说："月亮姑姑，您带我到星星上去玩，好吗？"

月亮姑姑笑着摇摇头："不行，不行。我可不像你们小孩子，爱上哪儿玩，就上哪儿玩。我得天天绕着你们地球转，一步也离不开啊！"

这时候，一道亮光从小飞飞的头顶划过去，月亮姑姑说："瞧，瞧，那不是飞船吗？你要是坐上飞船，就能到星星上去玩了。"

真的是一只飞船，上面有颗大大的红五星。

小飞飞想起来了，昨天他画过一只飞船，上面就画着一颗大大的红五星。

"这是我的飞船，这是我的飞船，一定是妈妈坐了飞船来找我了。"小飞飞大叫起来，"妈妈，妈妈，我在这儿，在月亮姑姑这儿……"

可是，小飞飞的话没说完，飞船已经飞得很远很远，一眨眼就看不见了。

小飞飞不高兴了，月亮姑姑说："这不是你的飞船。你的飞船在家里，你的妈妈在家里。小飞飞，让我带着你看看你们的地球吧！"

月亮姑姑带着小飞飞绕着地球转了一圈。小飞飞看到了许多没去过的地方：绿油油的是大草原，黄澄澄的是大沙漠，蓝莹莹的是大海，白花花的是冰海、冰山……

"那是我的家，月亮姑姑，您瞧，屋子上爬满了南瓜藤，那张小竹床是我乘凉睡的，哈哈，妈妈真的在家里，坐在小竹床旁边扇扇子，妈妈，妈妈——"小飞飞一高兴就跳了起来。这回跳得太高了，月亮姑姑没拉住他，他就像一朵白云，飘呀，飘呀，从天空飘了下来，一骨碌，正好掉在自己的小竹床上。"妈妈在这儿，妈妈在这儿！"小飞飞的妈妈放下扇子，把小飞飞抱了起来。

"醒醒，醒醒，你做梦了吧？"

小飞飞真的在做梦呢，他揉揉眼睛，望望天空，月亮姑姑已经移到山那边去了，笑盈盈的，好像在说："刚才你上我这儿来当小客人，好玩吗？"

（载《365夜（下）》，上海少年儿童出版社，1980年10月第1版）

# 远去的陶棨

在我记忆的碎片里，他似乎已经远去……

瘦高瘦高的个儿，偏又常穿着一身略显古老的长衫，加之清癯的面颊上架着一副宽宽的近视眼镜，那文质彬彬的样儿，俨然是个学究式的书生。

但在他言谈举止之间，特别在他当众讲演的时候，那神采飞扬的劲儿，又透出一股子所向披靡的英豪气，不禁使人联想到"五四"时代的弄潮儿，或则沙场上指挥若定的将军，——其实在我五五年初春插入高一（三）班就读时，尽管陶棨顶多二十六七岁，风华正茂咧！但据说他已有过从事地下工作的不凡经历！

作为解放后北京三十一中的首任支部书记，想必他有许多大事成竹在胸，但我真正感觉到他的呼风唤雨，是他朝朝例行的时事讲评。

每当上午九点多钟，大操场举行的广播操一结束，同学们便着魔似的拥向早操台。此刻只见他款步拾级而上，紧握长长的麦克风杆儿，微侧着肩，以睿智的目光环顾四周，继而凝聚在一片攒动的人群上，开始滔滔不绝地讲演。那生动的手势，那缜密的逻辑和风趣的语言，那势如破竹的征服力，一下便俘获了千百学子的心，并变成了学子们的一种特殊享受。

只不过短短的十来分钟，当天若干报纸的重要内容，国内外新闻的多个热门话题，都被他揉碎掰烂，重新组合，寥寥数语便激起思想的火花，掀起兴奋的漩涡。接下来是犀利而老到的评论，以及对时事走向的独到分析，每每一语中的，产生巨大的震撼力——真如惊雷拂耳，发聋振聩！

我常常沉浸在陶棨演说的魅力里，时而被周围的掌声唤醒。开始从深深的感染转而关注和思考时事，也和同学们争睹报栏的新闻，参加大伙儿的议论；如有哪天没听上陶氏的时事讲评，总是抱憾不已，连午饭也吃不香。

那会儿的早操台也就成了播火台——神圣得很哪！在我的记忆中，陶棨总是和早操台联系在一起。而陶棨也成了同学们心中党的化身——时代和理想的化身。既是化身，则是无处不在，无所不知……时时与我们对话与交流。

不知何时，他对覆盖于小礼堂外墙的文学壁报《火花》发生了兴趣，并注意到了我。那时我是北京市鲁迅文学爱好者协会和学校文学组的活跃分子，课余时间几乎都用在练习创作上了。而且还爱露个脸儿，隔三岔五在《火花》上发表几篇，不过都是用的笔名，其中就有一个遭到非议的笔名叫"高尔础"——取这笔名本为激励自己奋发图强，但却给人们以不知天高地厚的印象，好像要与赫赫有名的高尔基试比高似的。

他在操场叫住了我，说看过我近来发表过的一些作品。

我的心立即提到嗓子眼儿，紧张得不知如何对答，只是低着头等着他的训，并且揣度着他可能从哪个方向杀来。

阿弥陀佛！他竟是说了许多肯定我作品中的激情和想象力的话，对我的笔耕不辍也赞赏有加；自然他没有忘记指出，我的某些作品对所写生活不熟悉的致命弱点。他不仅言辞恳挚感人，且分析得具体而透彻，着实令我茅塞顿开！

我慢慢抬起头来，看见他那不苟言笑的面庞上露出了一丝笑容。从他平时冷峻的双眸里，我感到了一种莫名的温热。

"你最近还写了什么没有？拿来我看看！"

为报答书记的勉励，不几天我送去了一首长诗《我爱鲁迅》，本想听了他的高见再行打磨，怎么也没有料到，次日他就在所任文学课的两个邻班全文朗读该诗，并作了十分中肯的评析。当邻班同学递给我这个信息时，我简直不敢相信自己的耳朵，直到他们断断续续背出该诗的片段：

> ……
>
> 你是东方英勇的丹柯，
>
> 率领"孺子"在深渊中摸索；
>
> 为了寻觅民族自由的曙光，
>
> 你掏出心来当作引路的火！
>
> ……

我才深信不疑。不知怎的，我觉着有种威压在背，催我进取，不敢懈怠。

我转来北京三十一中念书前所就读的昆明十中，有栋用古旧木楼改建的学生宿舍，与教师宿舍隔墙相望。一天我同几位舍友凭栏闲聊，见校长扶斌正在院里放盆浣衣，便下楼凑过去与他侃文学，——他经常以《红楼梦》为例说事儿，据说他还是临解放时毕业的北大中文系的高才生呢！我们侃到兴致处，他禁不住脱口说道："曹雪芹十年心血写出一部《红楼梦》。你们想搞文学，就要从小立志写出《红楼梦》那样伟大的作品；哪怕一生只写一部，就很了不起！"此刻我忽然忆起了扶校长，忆起了他的至理名言。

说话到了五七年盛夏，我们几个响应党的号召，志愿赴北京茶淀青年农场劳动锻炼的毕业生，第一次登上了那座神圣的早操台，在鼓乐和欢呼声中戴上大红花，着实风光了一回！这时陶棠兴冲冲地走来，紧握着我的手说："这是一次走向生活、走向社会的大好机会。高尔基从小走向生活，后来成了大文豪，你可要坚定地走下去啊！"

可惜一年以后，农场就奉命解散了，我被北京市委保送到北京大学中文系深造。正当我踌躇满志的时候，一个关于陶棠的坏消息犹如五雷轰顶：陶棠是右派！

陶棠，我们心目中的党的化身，一个把心都掏给了党的人，怎么会是党的敌人呢!?

此刻，早已锁定在我脑海中的一幅图画又忽地跃了出来：

那是五七年三月中旬，陶棨在学校小礼堂兴致勃勃地给全体高中毕业班学生传达亲聆的毛主席报告，大概就是毛主席在最高国务会议上及宣传工作会议上的两次讲话吧。传达的具体内容因时代久远已很模糊，但他当时的神态却历历在目。

"我知道听毛主席的报告，兴奋得头天晚上一宿都没睡好觉，想看得清楚些，第二天早早就赶到了怀仁堂，坐在第一排的中央……"

这是他传达报告的开场白。只见他激动得满脸通红，直至脖根，笑得像孩子那样甜美。而这时恐怕他做梦也没想到，一场不是阴谋是阳谋的灭顶之灾正向他悄悄袭来！

说来也巧。不久后的一天，我到前门旧书商店购书，路过西河沿这条僻静的小街时，忽见迎面十几米处陶棨和一位女人正肩并肩手拉手朝我走来。这是他的恋人！？

我们不经意地对视一下后，陶棨的脸"唰"地一下泛起潮红，直至脖根儿。他把那女人的手握得更紧，步子却放慢了，但仍然朝前走着。我们彼此都没有向对方开口——有如陌路人。

我不记得自己当时是否止住了脚步，注视这对落难情侣的缓缓离去；或是侧过脸去，佯装没看见，以防更尴尬的场景出现……

我们彼此始终没有开口，或互相点头示意，而是默默地、默默地让对方从身边走过……

也许是在他走近的一刹那，我猛地发现了那副镜片下渴望理解的眼神，一种说不出的悲悯蓦然而生，终于不由自主地转过身去，目送这对紧紧依偎的情侣渐渐远去，直至消失在暮色里。

光阴荏苒，弹指已是四十余年，但那难忘的一幕却在我记忆中总也挥抹不去。

当时我们的形同路人，是"此处无声胜有声"呢，还是因我的怯懦，没勇气上前给他哪怕是一点点慰藉！？

总之，此后我再也没听到他的消息，也不敢打听他的消息，直到我从北京大学毕业分配回三十一中母校任教。

几年前，我从华夏出版社出版的《北大人》第二集上无意中发现了扶斌校长的条目，上面写道：

"……1957年的反右洪流把他糊里糊涂卷入劳改队，在新中国的最底层苦苦挣扎了20年，1978年平反……他的信条是：不怨天，不尤人；只要祖国强大，个人什么都可以献出。但，这历史的悲剧决不能重演……年逾古稀，仍创办了一所业余职业学校，决心为培养四化人才吐出最后一根丝。"多么可敬的扶校长！

我急忙写信同他联系，并寄去了我的一本文学评论拙著《跬步集》，请他指教。

这时我又想起了陶棨。经多方打听得知，他解除劳改后，曾在月坛中学教英语，"文革"初期因患胃癌不治，永远离开了我们，享年四十余岁。

陶棨的确远去了，他是再也看不到我艰辛的攀援了……

倘若他能在天国逍遥，是否还记得我这个曾经崇拜过他且又十分感激他的"高尔础"呢!？

2001年2月26日

（载《长毋相忘·献给北京市三十一中学九十周年华诞》）

# 笑声，在理发馆里

四五把电推子互不相让，嗡嗡嗡，像夏日的蝉鸣：单调、绵长，却又掺和着几分韵律。

这家很不起眼的理发馆被淹没在临街的楼群里，其门脸恰好与通衢成直角，进去后要经过一段长长的窄道，才能瞅见那间仅可容身的厅堂。唯有两排相对而立的明晃晃的巨镜，将它照得舒展了许多，也威武了许多。

给我"修理"的是位三十挂零的妇女，白皙、丰腴，具有一股令人不忍动弹的魔力。在眼前的镜片里，又清晰地映出了背面忙乎着的A、B、C。A是位黝黑而敦实的中年男师傅，另两位却都是妙龄女郎，一高一矮，神采飞扬。

厅堂中除去推子的和鸣，还有说笑的间奏，以及同顾客不甚得体的交谈，——叫你恼不得，急不得，甚至忘却了光阴的流逝，也留下稀奇古怪的记忆。

不信，你瞧：

一位顾客穿好大衣正要出门，A师傅殷勤备至，冷不丁冲他冒出一句愣话：

"您走好！下次把您媳妇一起带来……"话音随着那顾客的后脚刚落，厅堂里立刻掀起轩然大波……这个说："你干吗惦记别人的媳妇呀!?"那个说："你要钱行是怎么的!?"A师傅一时有口难辩，待大伙儿都笑完了，他才不紧不慢地解释道："你们有所不知，这主儿住在我三弟楼下，和他媳妇从来是形影不离……"

再说那位个儿不高的B姑娘，爱多嘴又不善言，自然免不了惹出一些麻烦。

有位小学生要剃一边倒，她劈头就是一串连珠炮："别的孩子都剃学生头，往短里去，你却要留长的！是你爸爸妈妈叫你留的吗？你倒是往左边倒还是往右边倒呀?"问得那孩子变成了丈二和尚。

孩子毕竟好对付，B姑娘三下五除二便把他打发走了，可遇到讲真格儿的就大不以为然了。这不，她也用对付那孩子的办法来对付一位老头儿，刚给他刮了脸，举起推子"嗡嗡"几下素描出一个头型，就连声问道："行吗?"没料到这顾客毫无反应——兴许是"聋子"吧！姑娘有些耐不住性了，提高了嗓门喊道：

"你倒是说行吗?"这回，可把老头儿给惹火了，他将头一歪，挺直了脖子，铺天盖地地爆出一大堆辣言语："你问我行不行，你自己说呢？你看别人理多少时间？我刚坐一会儿你就说行了！有你这么凑合的吗……"

B姑娘也是个不好捅的马蜂窝。碰到如此直截了当的进攻，恐怕她向来是不示弱的。于是一场充满火药味儿的唇枪舌剑便轰轰烈烈地展开了：

"我问你行不行，让你走了吗!?"

"那你说行吗!?"

"我说行!"

"我说不行!"

"怎么不行?"

"两边不一般齐!"

"哪边不齐?"

……

厅内的空气顿时紧张起来。几位理发师傅还真有邪的：逗归逗，乐归乐，到了关键时刻，虽谈不上"为朋友两肋插刀"，却有点儿一致对外"化干戈为玉帛"的势头。

一直在忙着活的C姑娘，此刻竟抢先代赔着笑脸道："老爷子，您别这么大的火，留心伤了身子！哪儿不合适，再给找补找补就是了……"

这话谁听起来都是那么有情有理，丝丝入耳，可不知哪个音触错了那位大爷的哪根神经，他的一肚子火气冒得更凶了："她压根儿就不想好好给理！有这么糊弄事儿的吗?"那位这一嗓子差点叫B姑娘跳起来，只见她将推子一撂，气嘟嘟地嚷开了："我没法给他理了，换个人吧！"这类似"哀的美敦书"的声明，终于使她与那老顾客的争斗画了一个句号。面对尴尬的场景，A师傅连忙挤出笑脸，劝慰那客人道："老同志，您老别急，我换对面那个姑娘给您理怎么样?"

他的善解人意，顿见化险为夷之功，——"老同志"总算点了点头。

这时，给我"修理"的师傅笑吟吟地和 B 姑娘换了个位儿。她一边舞动着电推子，一边轻声细语地对"老同志"道："老人家别着急呀！您一动这推子就不听使唤了……"说话的工夫，那老头儿已被降服得像只被人抚摸着的小猫。她趁势拿起剪子来修整，只见她左右开弓，"咔嚓"几下，老同志立即转忧为喜，"满意了吗？不满意我再……"那老者不再言语，只管起身穿棉袄，接着反过来脸冲 B 姑娘说："你瞧瞧别人……"而那师傅眼疾嘴快，连忙打岔道："您老慢走，欢迎再来！"

"老同志"刚迈出门槛，厅堂里便"扑"地一声笑了起来，而且七嘴八舌地议论开了。可是不一会儿，笑声和议论却又戛然而止。俗语说：请神容易送神难。

原来，那位全副武装的"老同志"又大步流星地转回来了。他站在厅堂门口，用手摸摸腮帮，不无埋怨地说："脸没刮净，还有胡楂！"大家立即被这出其不意的"回马枪"搞愣了。

此刻，A 师傅只得又捧出一张笑脸，让已回到我身边的那位师傅给他"找补找补"。怎料这师傅为难了片刻，突然高声冒出一番惊人之语："老同志，就算我对不起您了……胡子刮得再净明天一早就长出来，下次您来好好给您理怎么样！？算我对不起您了……"我心想：又不是你给人刮的胡子，犯不上由你道不是呀！可没料到这么一说，那老者倒有些不好意思起来，"嘿嘿"地赔出笑脸，下意识地把已解开、褪下半截的棉袄又穿了、扣上，嘴里也不知说了句什么，乐呵呵地走了。

理发馆的厅堂里于是又笑声四起，——但这笑声里似乎有着更多的味道。

电推子又响了起来，像夏日的蝉鸣……

（载《湖北电大报》1992年9月15日）

# 谋　职

　　没让她来，她倒来了。说是陪她的同学，跟着碰碰运气！

　　她刚在沙发上坐下，便聚拢了全屋的目光。她的同学倒显得有些受冷落。

　　寒暄之中，她抓住机会说明来意，并捧上一份打印清晰而又重点突出的自我介绍材料，接着娓娓道出自己平实而又多彩的经历……

　　这时，你会惊讶地发现，你已不由自主地被她的侃侃而谈所吸引。当然，你同样惊讶的是，她似乎不是来推销自己的，而是来帮我们解燃眉之急的。当谈及她做研究生的专攻方向与这里的工作要求相矛盾时，她竟不屑一顾地淡然一笑："我是来谋职的，不是来搞研究的。再说，我的兴趣很广，我是不会把历史当作未来的！"

　　如此直截了当的回答，与前几天登门求职的博士生大侃"买方卖方市场"以及"可以过渡过渡嘛"的含糊表态，形成了鲜明的对照。刹那间，我觉得她的性格、爱好和志向，似乎早已同我们的工作水乳交融，她似乎早已生活在我们之中了。

回家的路上，我一直在想和她谈话时的情景：她的语调平和而又柔中带刚，她的言辞质朴而又句句深中肯綮，这与她淡雅的装束、大方的举止、自若的神情和谐地构成了一副完美的形象。

当她那完美的形象即将被琐事冲淡时，电话铃响了，是她的声音。除了给头天的交谈作了坦诚的自我评价外，她还着重描绘了她参观我们单位的美好感受，并向我表明她如何激动不已，如何喜欢和适应这里的工作，如何焦急地等待着好梦成真……

此刻，我脑海中闪出一个念头：得帮帮这个天真的小姑娘，哪怕只是自己的一票！

谈话还在继续，她的声音变得分外妖柔："其实，我导师之所以给你们主任写信，是因为他们是中学同学，你千万不要见怪啊……"

她何时给我们主任一封信？怎么我没看见！唉，别人的隐私，我犯不上去理会！不过，我们的主任装什么傻，竟然还问我："不是没叫她来吗，怎么也来了？我们说好的不是只见那一位吗……"

她的画蛇添足，勾起了我的好奇心，不妨试她一试："我认为你很适合在这里工作，也非常想帮你的忙，可是据我所知，这次进人的指标只有一个。那么你和她谁更合适呢？"

话音未落，电话那边传来高亢的声音："当然是我呀——我比她有更多的经验，我比她成熟，比她干练，也比她稳重……"

“可是，你不是‘陪’她来的吗?”

“哎呀！你何必这么认真呢！这世道宾主易位是常事！你没听说过一句名言吗——‘目的就是一切’！至于手段嘛，那就是八仙过海啦!”

我听着她滔滔不绝的陈词，不知怎么回答为好。头脑中那个清秀的小姑娘的形象，突然变得模糊起来……

（载《中国气象报》1997年5月29日，笔名之野）

# 赴　宴

　　他没有忘记朋友邀请参加的一次宴会。那是他在京城有几十年交情的老朋友，闭着眼睛都能走进他家的大门，摸着第四根柱子走进他家客厅，坐在沙发上和他家的那只可爱的波斯猫讲话。

　　他是相约和他的妻子同去的——他妻子是从工作的单位赶去，而他则是从家里独自前行。要说他家离那老朋友家并不远——几乎是在同一条像街道一样宽敞的胡同里。一个住在东头，一个住在西头——只不过那老朋友家还得拐进一条小胡同里。

　　这天他总觉得有事，心里很乱。他记得临行备装时天色晴朗，可是出门寻道却不着南北。好容易迈过学校的大操场，出了校门，天色却忽然阴暗下来——暗得如同没有星光的夜晚。

　　不知何因，那条走惯了的像街道一样宽敞的胡同的柏油路，今儿却变成了一条刚翻犁过的沟沟壑壑的土路。他顾不得这些，只是深一脚浅一脚地往西走。此时迎面急匆匆走来几个彪悍的异族人，他们前后一溜，各人手揽一根长绳，一头系犬（似奇兽），一头系鹰（似怪鸟），都在人前两丈余飞奔。这些人来自西域？来自雪山？飞禽也会绳牵着迅跑？他无暇驻足探悉，也无暇深思究竟，连招呼都没打，就与他们擦肩而过。

他终于赶到大胡同与小胡同的交界处，但他蓦然见到的却不是熟悉的入口处，而是放大了的占地数十顷的废墟或曰废弃了的工地，举目皆是苍凉的断垣残壁。他爬到一方露出钢筋的架墩上努力寻找往日的痕迹，怎么也见不到那老朋友府院的踪影。他已惶惶然不知所措，只是下意识地仰天疾呼："这怎么了!?"

"先生，你要去哪里？"是位陌生人的声音。圆乎脸，三十来岁，着一件浅蓝色衬衫。在熙熙攘攘的人群背后，能见到一辆深灰色的小卧车——显然是他驾驶的。

"这是哪里？"他惊恐地叫道。

"沈阳。"那人淡淡地回答道。

他几乎要疯了：这怎么可能呢？怎么可能既没用交通工具也没费时间，自己就莫名其妙地从北京忽然来到沈阳呢？但从周围的环境、人们的装束打扮来看，这里的的确确是在异地。他很想拨通电话，与妻子证实这不可思议的一切，但无论如何也联系不上……

在恍恍惚惚中他又不知怎么回到了自己家里。他往窗外望去，只见天旋地转，万象颠倒，在浓重的黑暗中偶尔闪出几道耀眼的白光。他害怕极了，希望眼前的一切都不是事实，都不曾发生。他很想喊一喊，问一问，但喉咙紧闭，怎么也出不了声。他于是不假思索地走到电视机前，想从媒体知道世界发生了什么。不料荧屏忽地由黑变白，闪烁刺眼，似乎再也出不了图像……

他失望极了，恐惧异常，希望这一切都在梦中。于是奋力地翻动身体，张开双唇，希望睁开双眼，喊出声来，从噩梦中得到解脱。

他成功了，他醒来了，如释重负。他真想马上同妻子去看看那位邀他们赴宴的朋友。唉，再怎么意识流下去呢!？

（1999年8月5日）

# 阿慢的故事

## 如此"尊师"

老师刚刚走进教室，班长一声"起立"，同学们整整齐齐地站起来。阿慢却如梦初醒，慢吞吞地向上耸了耸身，又安然地坐了下去。据说，这叫作"蜻蜓点水，意思到了"。

下课铃响过后，班长又是一声"起立！"同学们又是整整齐齐地站了起来，老师也在躬身还礼。这时，阿慢突然变作"阿快"，几步冲到门前，似乎决心要抢在老师前头。据说，这叫作"当仁不让，后生可畏"。

## "助人为乐"

在路上，阿慢是走得很快的。突然发现前面一辆满载的马车，正在吃力地爬上斜坡，阿慢立刻放慢了脚步，低下头来，好像正在思索什么问题。

赶马车的同志一声喊："劳驾同志，帮忙推推呀"。好几位走在阿慢后面的同学早已冲上前去，伸出了臂膀。当阿慢慢悠悠地放下书包，也要助一臂之力的时候，马车早已轻快地走在平坦的柏油路上了。阿慢缩回胳膊，拍一拍可能沾在手上的灰尘，向周围的同学微微一笑，好像也在分享那"助人"的乐趣。

## "疾恶如仇"

电影即将开演，同学们整整齐齐地鱼贯入场。阿慢姗姗来迟，排在队尾。

不知为什么，门口忽然出现了一小阵骚动，阿慢如箭脱弦，三步跨到门口，插入人群，后来居上！

可惜门小了一些，阿慢这一紧急措施，打乱了队伍，门口竟然挤了起来。

阿慢一面横开两膀，向前猛挤，一面高声叫喊："别挤呀，别挤呀，都进得去！"

看那一副激昂的样子，真有些"疾恶如仇"呢！

## "公私分明"

一位同学拾到一本书请失主来领取。阿慢一面把手放在书上，一面声明："是我的呀，是我从图书馆借来的呀！"拾到书的同学请他拿出证据来。阿慢不慌不忙地翻开书："你看，这不是我的批注么？"

拾到书的同学批评阿慢："借来的书不应乱加批注，要爱护图书"。阿慢不加辩解，只是打开书包，取出一本崭新的教科书来，放到这位同学的面前："我一向是爱护图书的。这是我一年前买来的书，你看，现在不还和新的一样吗？"

（载《北京大学校刊》1961年12月23日第416期，作者创作时尚在北大念书。）

散文篇

# 永驻的师魂

每当想起母校北大，就情不自禁想起未名湖那片波光粼粼的湖水，同时想起为我们传道、授业、解惑的辛勤的先生们……

那倒映着博雅塔的层层碧波，曾见证着世道的沧桑、历史的轮回，也见证着美丽如霞的梦想、不绝如缕的情思，更以严师高徒的薪火相传，见证着一种精神的伟力——那是锲而不舍的追求？那是崇尚而不迷信权威？那是以天下兴亡为己任？那是与轻浮无缘的厚重？那是"蓦然回首"的感悟？那是……永远解读不完，而无论我们跌多大的跤却终能爬起的支柱。

北大给我们留下的不仅是抹不掉的学习生活的记忆，而且是跟随我们徜徉世间的生命的影子——为世人景仰的师魂，不论过去还是将来，都会永驻我们心间，甚至成为我们生命的一部分。怎能忘怀啊，那些既教我们如何做学问，又教我们如何做人的可敬可爱的先生们！

## 王力：大师风范

而今人们爱把学贯中西、博大精深的学者称作"大师"。记得报纸上还对何以谓"大师"开展过讨论。这类讨论自然是不了了之。因为这本是约定俗成的事，无须经过某某权威或权威机构的审批认定，所以谁也道不出绝对的"大师"标准。但在我心里，当年曾因"拔白旗"受到批判，后又踊跃走到教学第一线，极为认真给我们本科生讲基础课的北大老师，如王力、冯至、朱光潜、宗白华、季羡林、林庚、吴组缃、王瑶、朱德熙等．无论学术造诣还是道德文章，都应当之无愧地属于"大师"之列。岁月如梭，弹指已过去40多年，但他们那时讲课的情景仍宛如昨日。

我们做学生的那会儿真不知天高地厚，自己十分幼稚，正所谓"乳臭未干"，可对老师的要求却很苛刻，上课不仅看老师的学问及口才，还看老师的仪表、风度乃至控时的水平。有的老师一肚子学问道不出来，或讲述魅力欠佳，有些同学便在底下很不礼貌地打瞌睡、看小说、窃窃私语，甚而由窃窃私语汇成一种"干扰"，直到班长站起身来维持秩序，课堂上才慢慢平静下来。当时因老师拖占下课时间而表现出来的烦躁不安，即使今天也够得上"放肆"，——特别是赶着上午最末一堂课，大家往往沉不住气，刚听见下课铃声就急忙收拾书包，那饭盒袋里碗勺碰撞的声音此起彼伏，这时连班长也顾不上站起来干涉了。

但同学们毕竟"赏罚分明",——对那些严格掌握上下课时间的老师向来有口皆碑。教授《古代汉语》课的王力先生便是其中之一。他上课铃一响必定端端正正地站在讲台前,而最后一句话"同学们再见",几乎与下课铃声同步,竟博得不约而同的一片掌声。同学们赞赏说,先生的守时从侧面反映出严谨的治学态度和准确把握尺度的科研风格,而先生讲课声若洪钟,抑扬顿挫,一板一眼,条分缕析,则透露出群众观点和以学生为友的心态。这些都给人以很深的印象。

先生在总结古汉语内部规律和教学经验的基础上,首次将古汉语的教学内容分为文选、常用词和通论三部分,而且由他一人自始至终系统讲授,从极富时代色彩的古代经典散文和韵文,自然过渡到古代常用词语的辨析,进而过渡到使用古汉语的那个时代的种种社会知识和生活知识的演绎,通过感性与理性的多次回应与提升,大大拉近了古汉语与同学们的距离,最终取得事半功倍的效果。他不仅给我们上了整整三个学期的正课,把古代汉语的全部内容讲完,而且经常亲自给我们上习题课,辅导和解答古代汉语作业中的问题,从而全面掌握教学环节中的第一手材料。他是那么习惯性地将教学实践与科研熔为一炉,所以当时王力先生为我们编写的讲义后来整理成书,作为全国高校普遍采用的教材时,该书正文前的"教学参考意见",写得如此具体细致、切实可行,有极强的针对性。

王力先生很懂得掌握同学们的学习心理,讲究教法,特别是深入浅出,把看来较难理解的问题,用大家生活中熟悉的例子讲透。记得他讲《左传·宣公二年》里的"三进及溜"句,先问一位同学怎么理解它？那同学望文生义地答道："就是三次进去脚下滑溜了呗！"先生听后禁不住哈哈大笑。接着他结合我国古代的礼仪和建筑，连比带画地解释道："三进"不是三次进去，而是三次往前走。"及"是到达的意思。"溜"通"雷"，是房顶瓦垅滴水处，这里指屋檐。士每前进一段，都要伏在地上行大礼。晋灵公知道士要进谏，故意不理他，直到士前进了三次，再行礼，到了屋檐下。晋灵公没法回避了，只好接见他。通过先生这么生动的讲解，同学们兴趣倍增，一下就把古汉语的有关知识记住了。

还记得有次先生上习题课，讲解作业里的常用词。他不就事论事，而是从我们学过的文选里选出若干含有某常用词的句子，让大家比较该词在不同场合的不同意义。他随便叫起几个同学来回答，其中也有笔者。先生逐个分析了答案，当众笑吟吟地指着我说："这个同学的回答还比较准确，比较接近这个词在这里的意义。"先生的鼓励真令我激动，那情景至今也还恍若在目。这种不给现成答案，激发学生比较、思考，以鼓励来调动学生学习积极性的方法，即使现在也是值得提倡的。王先生在学子们中间是那样亲切，那样不惜时间循循善诱，耐心帮助后学者起步，如果不是亲临其境，大概谁也不会相信他竟是以等身著作建造了"语言学大厦"的汉语言学界的"建筑师"！

但对先生较多的了解，还是80年代初期我与李福芝同学几次登门采访先生学术经历之后。《百科知识》编辑部约我们写一篇评介先生学术成就的文章（文载该刊1982年第12期，题为《承先启后——王力教授及其汉语言学研究》，笔名侯声），为充实文章的内容而萌生了采访的念头。

当我们冒昧地跨进燕南园的一幢小楼，向阔别多年的王力先生自报家门和来意后，先生立即放下正在撰写的书稿，兴致勃勃地同我们交谈起来。尽管他宽额上的头发比以前又稀疏了许多，但他仍是那么和蔼，那么精力充沛。几个月来我们在北图所做的准备，浏览到的先生1000万言的40种专著和140篇论文的目录，经先生稍加梳理，顿时眉清目秀起来。记忆的闸门一拉开，大半个世纪先生在曲折道路上所留下的坚实脚印恍若就在眼前。

然而，采访中最令我着迷的，还是成就先生事业的那种永不枯竭的精神力量。有人说先生最重要的学术著作都是70岁以后写的。此时先生已年逾80，却计划修订完大部头的《汉语史稿》《中国语言史学》之后，还要撰写《清代古音字》等新作。一种强烈的好奇心促使我请教先生何以能保持如此充沛的精力？

先生沉思了片刻，冷静地说道："我没有什么经验，我就靠'遇事不怒'四个字，作为我的生活信条。"夏师母则在旁操着苏州话补充道："他就是靠心情开朗哩！""怒"，在这里作"动"讲。所谓"遇事不怒"，就是遇到什么事情都保持一种平静的情绪，不急不躁，不大喜大悲，凡事都很达观，泰然处之。

我想起先生讲述的一段故事。"文革"初期，先生被打成"反动学术权威"并关进"劳改大院"，每周只让回家一次。先生非常珍惜这"一次"，回到家里换身衣服洗洗脸，又伏案开始了他热衷的事情，早已把一周来的疲累和屈辱忘到九霄云外。在这段艰难的岁月里，先生以顽强的毅力写成了《诗经韵读》《楚辞韵读》以及《同源字典》的部分。当《同源字典》完稿后，他还赋诗纪念之："漫嘲敝帚千金享，四载功成乐有余。"这乐在其中，岂不正是生命力的象征吗！

先生曾用十分朴素的语言披露心迹："前人已经知道的东西我想知道，前人不知道的东西我也想知道。懂得人家已知的东西是收获，懂得人家未知的东西也是收获。把自己的收获写出来，留给子孙后代，献给国家民族，这是再好没有的事。"或许，是先生把对国家和民族炽烈而深沉的爱和高度的责任感与他自得其乐、乐以忘忧的事业融为一体，才陶冶出他"遇事不怒"的性情与修养。或许，先生深知实现给自己一生定下的奋斗目标需要时间和耐力，故不急一时之需，而计长远之得，在治学、娱乐、运动以及饮食起居等方面均能掌握住"适度"，以葆精力长盛不衰……

此时，夏师母端来她自制的苏州食品"煎面衣"让我们品尝。先生亲切地望着这位心灵手巧、善解人意的师母，笑吟吟地对我们说"我在学术上取得的成就，有一半的功劳应该归她！没有她对我精神、生活等各方面的支持，我是做不出这么多事情来的！"

## 琐忆三老：季羡林　冯至　林庚

在我大学的老师中，有一位朴实得被新生误认为是校园守门人的长者，他便是季羡林。早在中学时代，我就聆听过季先生的学术报告。那是由当时的中苏友协为纪念世界文化名人迦梨陀娑而举办的讲座，季先生讲印度这位大诗人的剧本《沙恭达罗》，金克木先生讲他的长诗《云使》。此时的季先生正值黄金般的中年，却穿着一身朴素的中山装。他的语言和他个性一样纯朴，绝无藻饰，略带沙哑的语音不紧不慢地从他喉头流出，像山涧里淌下的一股清泉。

十分值得回味的是，这次学术洗礼竟结下了我们的师生缘分，数年后季先生在北大讲堂上为我们开设东方文学课，《沙恭达罗》的情节再次感染我，使我充满了美丽的遐想。季先生是国内屈指可数的梵文家，又有深厚的古文功底，他在课堂上以极为凝练的语言解说自己根据原作翻译的这部著名的印度古典戏剧，自然不经意便传递出那作品原汁原味的神韵，这是我们从其他老师那里难以感受到的。

先生一如当年，以平缓的语速叙述这个离奇的浪漫故事。国王豆扇陀与仙女沙恭达罗由爱见弃再至团圆的几经波折，与先生不温不火的讲授风格形成强烈反差，但从其停顿的长短和语音的高低仍能觉察到先生感情的颤动。不知何故，先生的质朴倒使这美丽的故事愈加动人。先生评介这部戏剧的来龙去脉及作品的影响，则多从梵文学术界引经据典，几将我们带到那个古老而神秘的国度。

此后我虽无机会亲聆先生教诲，但经常从先生不断发表的一些著作、文章里汲取营养。当读到先生《牛棚杂忆》《站在胡适之先生墓前》等著述，莫不为他刚直不阿的品格所感佩，并以为我国知识分子最可宝贵的精神传承有望。几年前我们编纂中文系58级的《同学录》，笔者试着拨响了先生的电话，请他为同学们题词为勉，没料到年事已高的他当即欣然允诺。不久便收到先生寄来的条幅，是用隽秀的行书写的两句嘱语："有为有不为，知足知不足"。这幅饱含人生处世哲理的信条殷殷切切，语重千金，不也是先生宠辱不惊的人生写照吗!？

和季先生一样讲述自己译著的，是曾被鲁迅称为"最有才华的诗人"的冯至先生。记得他给我们讲德国文学，讲他直接从德文翻译的歌德诗剧《浮士德》。那翻译家严谨的风格与诗人飘逸的气质融为一体，形成独有的中和大度的学者风范，往讲台上一站，便把众多学子给镇住了。更令学子们五体投地的是冯先生独具慧眼的见解。悲剧《浮士德》是歌德尽毕生精力完成的鸿篇巨制，内容极为丰富而又极难把握。然先生娓娓道来，轻车熟路，犹述己作。如说"《浮士德》写出资产阶级上升时期人们所愿望的事，与当时德国社会所起的阻碍之间的矛盾""魔鬼靡菲斯特与浮士德之间是辩证统一关系：他们能订契约，说明他们有共同点；但他们又有本质的不同——浮士德因追求得不到满足而痛苦，魔鬼则是始终否定一切，诅咒一切。当浮士德要堕落时，魔鬼则为所欲为，发挥最大力量；当浮士德要上升时，魔鬼虽然也来帮忙，但极吃力"。这些分析言简意赅，像一把钥匙，一下就把我们领进了开启《浮士德》迷宫的大门。

先生还是全国知名的杜甫专家。在我国纪念世界文化名人杜甫诞生1250年的大会上，笔者有幸在政协礼堂亲聆先生与郭老（郭沫若）的同台演讲——先生的演讲是他所著《杜甫传》的提炼与延伸，至今仍可作为认识杜甫政治热情与创作热情的重要参考，笔者撰写毕业论文时亦深得其益。

当年教我们楚辞研究课的林庚先生同样兼具学者与诗人的气质。先生28岁任教授，30年代初即发表新诗，后又有若干诗论问世。他的讲课清澈、洒脱，如行云流水，且极富个性。这不仅在于先生好激动，讲到得意处便眉飞色舞，不停地摇晃着金丝眼镜，更在于总是从一些独特的角度提出问题，让同学们学会思考，自己去打开学术的迷宫。

《楚辞》中的《天问》有如"天书"那么难读。记得先生在讲述正文前先让大家思考以下问题：1."天问"这话是什么意思？2.《天问》讲的是什么故事？3. 这些故事有无次序？4. 这篇作品有无思想性？这大概叫作"带着问题学"。待讲到差不多时，先生又以归纳线索的方式将问题引向深入，说：作品中问天、问地部分比较清楚，问人的部分则比较复杂，最多疑者是弈的故事。最难解决的问题是把楚国有系统的传说掐头去尾来问，让人不知其所指，唯一的办法是根据零碎的故事，对照《山海经》和《左传》里的传说来略明其梗。先生尤为别出心裁的是，给我们留下的期末开卷考试题竟是很好玩儿的两道：一道是做个历史梗概表（师称"作品因其历史性而具有了思想性"）；另一道是分析回答"弈的故事讲了哪些？有何性质？"回想起来，要不是先生这么"步步高"式地问来问去，包括笔者在内的许多同学是不可能这么快获得长进的。

尽管因世事沧桑，从"文革"那场全民洗脑运动熬过之后，当年老师们苦心传授的真知灼见于记忆中几乎荡然无存，只是偶尔跳进我枯涩的思索，顿开一扇小窗，引来明媚的图景；可他们的思维方式和做人准则，却已隐隐注入血管——但凡血液还在流动，便能时时发现其踪影。笔者以此告慰"传道、授业、解惑者"。

## 目光·刺人·征服力——忆朱光潜先生讲课

在2002年秋北大图书馆举办的"杨辛书法艺术展"开幕式上，人如潮涌的展厅里笔者发现了同来祝贺的美学家叶朗教授。寒暄之后，问起他对当年朱光潜先生讲课的印象。想不到他思忖片刻便脱口道："刺人的目光——闪闪发光的两眼直刺前方！"随即举起右手，用张开的食指和中指，做了一个由上向前压去的动作。"是刺向同学的心吗!?"我惊讶他用的那个"刺"字，于是再问。"对，两束光直刺同学的心！"叶教授如是回答。

短短一席话，把我带回到当年朱光潜先生给我们讲授《西方美学史》时的课堂。那是北大生物楼西侧的一座小教室里，朱先生总是抢在上课铃声之前就极有风度地站在讲台上，以犀利的目光环顾四周，向同学们点头致意。当大家静下来后，朱先生便笑容可掬地开始他的讲授，时不时露出一排洁白而整齐的牙齿。他的课是安排在两节连堂，中间跨着课间操，有较长的休息时间，每当校园里回荡起课间操的音乐，朱先生常喜欢坐在教室靠窗户的一角，和围在身边的同学们无拘无束地闲聊，期待着大家的提问——无论你从哪里发问，都会得到一个满意的答复，而最关键之处，先生的用语必是极其精确。他的两眼仍然炯炯有神，洋溢着智慧的光芒，却透着为师者的温存，让人很容易去接近他那颗慈爱的心。

朱先生的讲课谈不上生动，然而出奇地严谨。更确切地说，先生不是在讲课，而是在写书，在朗读一本早已成竹在胸的著作。自然，他讲课从来不用讲稿，也很少用板书，甚至很少提问。常是以不紧不慢、足可让人记录下来的语速"满堂灌"。有同学说只要把他的讲课一字不落地记下来就是一篇好文章，笔者开始不信。后来检查自己的笔记，果然发现先生的讲课没有多余的语言与内容的跳跃，而是大气磅礴，一贯到底，其内在逻辑环环紧扣，无懈可击；其语言准确精当，顺理成章，读起来朗朗上口，仿佛连重音都嵌在里面了，加之犹如网状展开的一组组令人不忍舍弃的信息和能令人百般咀嚼的知识，不能不说是一篇篇拍案叫绝的美文。人在自鸣得意时容易兴奋，并伴之以射出具有征服力的目光，先生亦然。但先生所显示出的目光的力量，又深藏着一种不轻易放弃自己观点的坚定信念。那是他在掌握大量第一手资料的基础上独立思考后的确信无疑；那是一位不断追求真理的学者严谨思索的折光。可能正是因为先生讲课的自信与征服力，一次次激起笔者内心的兴奋，以至努力留下了若干虽不敢说"一字不落"，但大体算得上较为完整的提纲挈领式的听课笔记，有时候还禁不住拿来翻一番，悄然重温当时的情景。

朱先生既是讲"史"，自然述多而论少。但他不论则已，一论就相当精辟，让人一下就记住。如说："亚里士多德处于希腊文化的重要转折点——文艺已由高峰走向衰落，而哲学则由他达至顶峰，自然科学此时也有进一步发展，故他有条件从哲学观点对希腊文艺加以总结，其《诗学》融会了自然科学与社会学的成果，是诸多方面的集大成者。""中世纪是封建主义与基督教结合的时代，文化上是新柏拉图主义与神学的结合。""但丁是界限人物，是中世纪与近代的界限人物，是中世纪最后一个大诗人，也是近代第一个大诗人。""马克思主义是从批判黑格尔与费尔巴哈哲学来的。"……都像一条条粗绳，能拉起一张张相关知识的大网。直到1964年先生将讲稿整理付梓出版，书中的"结束语"还专门评论了美的本质、形象思维、典型人物、浪漫主义与现实主义等四个西方美学史里的"关键性问题"，则系统表现了先生理论研究的深度。

这门课从古希腊讲到二十世纪初，上下三千年，其内容浩如烟海，先生从头绪纷繁中总结出西方美学发展的规律，沿着它把应接不暇的美学现象紧紧地组织成一个有机的整体，并自觉以历史唯物主义和辩证唯物主义的观点贯穿始终，已经难能可贵；而先生还能信手拈来中国美学史上的有关内容，将其自然融入到对西方美学的分析评价里，显现出以中国美学家的眼光看待西方美学源流的鲜明特点，就更加令人钦佩。如先生评介德国美学家莱辛的名著《拉奥孔》，讲到诗歌"化静为动"的三种主要方法时，都不用原书中的举例，而是分别以"红杏枝头春意闹"等诗句解释"借动作暗示静态"，以汉乐府《陌上桑》解释"借效果暗示物体美"，以《诗经·卫风·硕人》解释"化美为媚"；先生分析作者关于诗画关系的论述时，随机指出我国宋代画论家的言论与书序所引希腊诗人的观点，几乎一字不差，接着又引苏东坡评王维诗画的那段大家常用的话，补充说明"诗画同源"并非西方美学家的专利。类似这些举不胜举的我国传统美学思想的渗透，不仅仅是缩短了我们与西方美学的距离，也使我们在丰富的西方美学面前不至于妄自菲薄——真是"润物细无声"！为了帮助同学们理解这单元的内容，先生所列参考书目中除一篇车尔尼雪夫斯基的论文外，都是中国美学家和文学家的论著，其中有冯至《德国文学简史》、钱钟书《读〈拉奥孔〉》、宗白华《美学散步》以及先生自己的《莱辛的〈拉奥孔〉》等，可见其良苦用心。

先生讲课还有个习惯——通常先客观介绍不同的观点，然后谈出自己的看法，接着说出这看法的根据是什么。如关于美学的研究对象，有人认为是研究美的科学，有人认为是研究文艺方面美的问题。先生介绍完两种观点后说，他倾向于第二种看法，理由有三：一是方法论，"研究人体解剖，首先要研究猴子解剖"，而美的最高、最集中的表现是文艺；二是从历史经验看，一切有重要价值的美学研究总是结合文艺的，只是多寡不同而已；三是理论必须结合实际，结合社会上最迫切的问题，亚里士多德的《诗学》、柏拉图的《文艺对话》、康德与黑格尔关于美学的论著也都是偏于文艺方面的。先生这一看似普通的"三段式"，既教给我们一种做学问的基本方法，也传给我们一种老老实实做学问的精神，让我们在今后的学习和工作中受益匪浅。

## 宗白华讲课：一个"通"字

下课铃响了。从教室窗外忽然刮来一股劲风，把讲台桌上的讲稿吹落一地。好心的同学要去帮助老师收拾残局，可老师执意不肯。只见他倏地躬下身来几乎跪到讲台上，躲着风把一张张讲稿按序拾了起来，掸了土，码齐了放进一个手工制的蓝布口袋里。他就是宗白华先生。那时他教我们《中国美学史专题讲座》课，每次上课总提着那个宝贝口袋，放在讲台的桌上，慢慢掏出讲稿来。但讲课时几乎不看——偶尔一瞥的仅是用一张纸写的提纲。他在滔滔不绝的讲授中，有时注视着天花板凝思，更多的则是转过敦实的身子，在黑板上既写且画。

今天他讲《易经》中离卦的美学蕴涵，说离者丽也，离卦首先具有附丽的意思。古人以附着在器皿上的花纹为美。既是附着，自然就可以分开和脱离，这正如德语里的"扬弃"一词，兼有"扬"与"弃"的意思。但它本身又包含有华丽之美、雕饰之美。它是附丽与美丽之统一。有趣的是，它却与平凡朴素的窗子发生了关系。先生在黑板上离卦卦符的阴爻中间加画了一个圆圈问道："你们看它像不像一扇窗子?"先生接着说，人与外界接触要穿过窗户，又相通又有距离（"隔"）便是窗户的功效，而既有遮拦又相通则是中国建筑的基本特点，"隔而不隔"的审美观念或许源于古代的窗户。

先生似乎意犹未尽，在讲离卦还具有"明"的意思时再对窗户情结作了美学阐释。他一笔一画逐个儿描出古代十个形状各异的"明"字，几乎占了半面黑板。然后认真分析道：为什么古人写"明"字多为窗形？因为只有把墙壁掏通才能得到明朗；"明"还与"月"相连，字形中一边是月，一边是窗，乃因夜晚上从窗户里望月格外显得明亮。中国人喜欢明亮，喜欢与外部广大世界沟通，所以古代建筑里便以雕空的窗门来体现有隔有通的思想，这与埃及金字塔和希腊神庙等的封闭式团块造型截然不同。先生最后总结道：有隔有通就是实中有虚，因而可以说离卦的美学就是虚实相生的美学，就是内外相通的美学。先生的"窗子说"乃见他人之未见，这建立在严密推理下的合理想象不仅极具启发性，而且充满诗情画意，如此深奥的古代美学精髓，经先生这么一点化，蓦地变得亲近起来。

先生的讲课带出他的做学问，归纳而言便是一个"通"字——这是我及当年同窗们最深的一个印象。先生非但融会贯通了我国古代文化、思想长河的背景中包含的诸多艺术门类相依相生的美学历程，并且融会贯通了我国古代美学与包括东、西方在内的外国美学发展的交接与比较，因而他的讲授往往能高屋建瓴、抓纲带目，从一点引发开去，或以大见小，或以小见大，引导学子在浩瀚无际、美妙无穷的世界里徜徉。不少同学至今对先生所述我国美学史上始终并行的两种类型的美记忆犹新。先生借诸《南史·颜延之传》及钟嵘《诗品》所载关于颜延之与谢灵运诗风比较的两段评论，归纳中国美学的发展自六朝谢灵运而分为两大阶段，此前为"镂金错彩，雕绩满眼"，此后为"初发芙蓉，自然可爱"。先生认为"镂金错彩"

与"初发芙蓉"代表了我国古代两种不同的美感或美学理想。并举证说，"镂金错彩"在先秦的代表作品便是青铜器。我国古代美与实用是结合在一起的——殷商时期以铜器艺术为主，这与古希腊的人像雕刻艺术的辉煌成就相平行。而铜器艺术总的说来就是装饰的艺术，雕琢的艺术。儒家以雕琢的美、华丽的美来表现政治理想，所以孔子常以雕琢作喻。楚国的图案、楚辞、汉赋、六朝骈文、颜延之的诗、明清的瓷器以至今天仍存在的刺绣和京剧的服饰，无不体现出"镂金错彩"的美。

但早在孔子之前一百多年便出现了"初发芙蓉"之美的萌芽，根据新郑出土文物，那时聪明的工匠所造的青铜器"莲鹤方壶"，从真实自然界取材，表现了春秋之际造型艺术要从装饰艺术独立出来的倾向；尤其是壶顶上站着一个展翅欲飞的仙鹤象征着一个新的精神，一个自由解放的时代。先生将"初发芙蓉"之美总结为天然清真的美、富有个性的美，如汉代的铜器、陶器，王羲之的书法，顾恺之的画，陶潜的诗，宋代的白瓷等等。先生既认为"初发芙蓉"更注重于思想的解放和个性的张扬，比之于"镂金错彩"是一种更高的美的境界，又认为这两种美应该"相济有功"，将形式美与思想美统一起来。因而他十分赞赏苏东坡"绚烂之极归于平淡"的论点，并引申道：中国向来把"玉"作为美的理想，而"玉"的美就是"绚烂之极归于平淡"的美。一切艺术的美，以至于人格的美，都趋向玉的美。这两种美的理想，从另一个角度来说，正是艺术中的美和真、善的关系问题。先生正是这样将许多似无关联的知识非常自然巧妙地综合起来，调动起来，紧紧驾驭住，一步步把我们引向美的殿堂。当时我们似有目不暇接之感，只是闷头儿不停地记笔记，直到工作后也还没消化完先生所传授的那些知识。

据同学们回忆，宗先生的讲稿都用毛笔把标题写得十分醒目——之所以观察得如此仔细，乃因大家一下课便喜欢围上去观看先生带来的各种图片。先生爱写新体小诗，诗集《流云》曾蜚声于"五四"诗坛。其作多探索宇宙、人生，并抒写对艺术境界的理性体验，感情浓郁且极富想象力，可大家却说先生总是"把感情踩在脚下"，这一戏语，缘于未名湖边经常留下先生散步的身影，许是先生在酝酿感情……此刻的他仍不忘挎着那个自制的蓝布口袋，其中还装着一个随手可取的小水壶，——很时髦的创作与很古董的做派竟能如此协调在一起，难怪先生被好逗笑的同学昵称为"行吟诗人"。

## 吴组缃：小说家讲小说

著名作家与学者吴组缃先生，是我们当年十分敬佩的老师之一。先生是先当的作家，后当的学者、教授。作为作家的吴先生，其主要成就是小说创作。故由先生讲《小说研究》课的消息一传开，同学们莫不喜出望外，无形中也提升了对他授课的期望值——小说家讲小说，必能讲出独家体验的许多"门道"。

吴先生在一学期里先后讲了《水浒》《三国演义》《聊斋志异》和《红楼梦》四部古典小说。每到他上课，我们总是提前去占座儿，因为高年级和外系的同学常常闻风而至，也会赶来许多校外旁听者，把容量不小的阶梯教室挤得水泄不通，去晚了便只好委屈坐台阶。先生讲课没有任何包装，几乎不做手势，也很少用目光和听者交流，而是拿着书体工整的笔记本一字一句地念，有时掀起那避光的淡粉色眼镜看稿，但从不摘下。先生的喉音很重，发声又较细微，让人担心它何时会中断。奇怪的是，先生偶带徽音的普通话竟能"细水长流"，持续传播到偌大一个教室的每个角落，并不时引起听者会意的笑声。先生讲课的魔力究竟在哪里？

小说的支柱在于人物塑造，先生对大家所熟悉的这几部古典小说的分析自然以此为重点。但先生分析的角度总有些特别，除了强调形象的饱满与个性化特征以外，每每在人们不太注意的细微处发现重大问题。如他从反映论入手评析《水浒》作者对人物描写所持的褒贬态度，说读者只关心书中鲁智深、李逵、林冲、杨志等人的命运，而对被拉上梁山的秦明、黄信、花荣等人的印象却很浅，读者的反映也就是作者爱憎的反映——作者的思想支配了他的艺术技巧，支配了他用笔的轻重、主次、浓淡。先生进而指出，作者对被逼上梁山的人的处理也各不相同，我们几乎可以完全同意施耐庵对人物的爱憎褒贬，这是他极了不起的地方。他从最下层受压迫者的观点审视人物，把鲁智深、李逵评价得如此高，而又在大大肯定武松、林冲的同时狠狠批判其阶级局限性，对杨志的批判更厉害，这不能不让人吃惊——思想改造极艰难，而施耐庵完全改变了封建知识分子的阶级偏见，简直是个奇迹！先生接着将话锋转到施耐庵对知识分子的态度，说他对知识分子并无偏爱，并不像《三国演义》那样把知识分子的作用夸大得如此多，书中吴用这位农村知识分子很恰当地起到了他应有的作用。白面书生王伦倒被狠狠批判，他心胸偏狭，嫉妒贤才，终被林冲所杀。先生最后的总结也让我们吃惊，他说，作者对无知识的鲁智深、李逵捧得这样高，而过去作家包括鲁迅在内对农民的积极一面都有所忽视，他们多写农民的苦难和受压迫，唯独施耐庵发现了人们难以发现的农民潜在的美德——反抗与斗争。这是作者高度政治远见的表现；他的政治远见还在于不偏右亦不偏左，他不否定宋江的作用，也不否定林冲、武松的作用。这些从原著的细节里独立思考所得的结论，让人在信服中学会分析与思考，也许是先生讲课的魔力之一。

先生有以往丰富的小说创作经验的积累，因而对作品艺术性尤其是创作方法的分析多有创见，且入木三分。先生以为，《水浒》的艺术手法继承发展了《史记》《左传》等史传文学的现实主义，又兼具《庄子》恣肆放荡、幻想联翩的长处。为阐释这一基本定位，先生转身以流利的板书引录了刘知几《史通》里的三段话：一是"叙事"篇谈及"显晦"问题的："显也者，繁词缛说，理尽于篇中；晦也者，省字约文，事溢于句外。"强调文贵含蓄。二是评说《左传》的："言近而旨远，辞浅而意深，虽发语已殚，而含义未尽。使乎读者，望表而知里，扪毛而辨骨，睹一事于句中，反三隅于字外。"强调"口无所臧否，心有所褒贬"的微词曲笔即春秋笔法。三是"曲笔"篇关于写史应记功记过、臧善否恶的："爱而知其丑，憎而知其善。"强调倾向性、革命热情与科学的求实精神相结合。先生举宋江杀惜后仍迟疑不肯上山、柴进对宋江的尊重与对武松的怠慢、林冲教训了洪教头仍不敢得意、武松自得于庄户抬虎示众等例说,《水浒》用的是史笔,却又不照搬史书的写法。史书讲"晦"不讲"显",《水浒》则做多面运用,用"显笔"写英雄性格,用微词曲笔写其缺点,所谓明褒暗贬,这是为了不损害英雄的正面处,使读者爱憎分明;史书讲"憎而知其善",但书中却未写高俅、梁中书的好处,可见作者并不采用此法;作者唯用"爱而知其丑",但作者有客观标准,不让人觉得英雄的缺点也可爱,作者是在人物性格逐渐发展中来写其成长,缺点克服的过程就是英雄成长的过程。

在笔者的印象里,先生的讲课是"鹅毛细雨湿衣衫",在一个个故事情节的具体剖析和一个个人物形象的理性分析中,渗透着自己的创作体验与美学理想。他似乎也在运用史笔讲课,但褒贬却相当鲜明。如先生充分肯定《水浒》人物描写的另一特点——用惊心动魄的、曲折变化而富生活气息的情节描写尖锐的斗争,以及从强烈的矛盾中显示人物的性格与英雄的成长。与此对照,先生认为《三国演义》的人物塑造远逊于《水浒》,其性格特征与现实土壤联系不紧,有些描绘带有神秘主义色彩,作者对人物性格形成与其社会斗争实践、个人出身的联系认识不足,关羽的勇武、孔明的机智、刘备的仁厚、曹操的狡赖,一生都没有多大发展;作者对人物的褒贬爱憎也有片面化、绝对化倾向,缺乏生活的辩证法,甚至将缺点当优点来描绘,如关羽放曹。

现在想来，先生讲课的真正魅力在于它的穿透力——让我们透过作品深刻地看见了社会、看见了生活、看见了作者，从而也看见了作品之美及其缺憾。生活之美何以提炼为小说艺术之美，先生最有发言权。近见一位校友著文说先生认为朱自清的散文也有点儿"做"，我想这是对生活没有深入体验的人所难以道出的。艺术高于生活，而其表现之极致则应像生活本身一样自然完美，并贯穿着生活本身的辩证法——这大概是先生的美学追求，也是古今中外许多艺术家毕生追求而终难企及的境界，他以此严格要求自己的创作，也以此严格衡量所研究的对象。显然，在这位严师的教诲和熏染下，我们的所获就绝不仅仅是小说研究的"门道"了。

## 朱德熙：年轻的长者

早在入北大学习的前数年，笔者即知朱德熙先生的大名。那是他与吕叔湘先生合写《语法修辞讲话》，在《人民日报》连载，同时由中央人民广播电台广播，堪称神州大地家喻户晓，朱先生自然随之闻名遐迩。

原以为朱先生是位鬓发斑白的长者。待他教我们现代汉语课时，见朱先生容光焕发，满头青丝，才知他将进未进不惑之年。然而在笔者的印象里，当时的朱先生除了饶具年轻人的热情与朝气外，还独具一般年轻人所少有的宽宏与谦和。他见学生总是笑眯眯的，即使讲课时脸上也常常挂着那片感人的微笑。

现代汉语尽管有一定趣味性，可比起生动的文学课来，它还是较为枯燥的。而朱先生的课却讲得极其生动有趣，被公认为最有魅力的课程之一，当时无论语言专业或文学专业的同学都喜欢上这门课。相传朱先生后来曾为母校东语系开设现代汉语课，是两节连堂。同学们听得太入迷了，到了课间十分钟，竟高呼"不要休息"，希望接着听下去。朱先生是江苏人，但除了用方言举例以外，任何时候都操一口普通话，加之他嗓音浑厚，语速适中，听他讲话不啻为一种享受。在我们记忆中，朱先生与现代汉语水乳交融，已达"物我两忘"境界。好像现代汉语是他生命的一切，他也无形中成了这门学科的象征。大家说，朱先生思考的似乎都是现代汉语的问题，讲的每一句话似乎都与现代汉语有关，而他讲的每一句话无不符合现代汉语的语法、修辞，是现代汉语的标准版。这种无时不在的语言示范性，给我们以极强的感染力，使我们不知不觉中体会到现代汉语之美，现代汉语语音之美、语法之美、语词之美，以至一提起朱先生便联想起现代汉语，凡关涉现代汉语便想到朱先生……

据知，朱先生着力运用西方结构主义语言学原理探讨汉语问题，带来了这个研究领域的重大突破，其主要成果已被今天的语言学界普遍采用。然而，当时同学们感触最深，并经常作为议论话题的有二：一是他的开场白"昨天我说的那个问题不完全"之后，必是精彩的修正与补充——有时它们比"昨天说的那个问题"还重要，这就难怪当时听过朱先生现代汉语课（此课的内容见后来商务印书馆出版的《语法讲义》一书）的留校任教同窗，二十年后还兴冲冲去旁听他的语法分析课；二是朱先生对语言特殊的敏感性。现实生活中人们习以为常的语言环境，是朱先生捕捉素材的汪洋大海。他讲课的内容好似信手拈来，不断从我们身边的生活里提炼出来加以补充。如他举现实语言中动宾结构的宾语是动作的工具的例了：不说"用大碗吃饭"，而说"吃大碗"；不说"用凉水洗澡"，而说"洗凉水"……语言的啰唆与过于简略的例子：不说"还有买票的没有"，而说"还有没有买票的没有"；不说"白石桥"，而说"白儿桥"……朱先生还经常念一段报纸上的文章，将书面语言中司空见惯的那些"滑稽的错误"揭露出来，惹得哄堂大笑。人们充耳不闻的语言现象，经朱先生稍加点化，便妙趣横生。静言思之，为什么它们每天都从身边轻易溜走，而朱先生则能紧紧地抓住呢？或许这便是大师所特有的语言洞察力和敏感性，自然，它们又都建立在对现实语言的特殊关注和深入探讨的基础上。

也许出自对现代汉语的现状及未来的综合性思考，朱先生对如何培养人才也有其独到的计划与见解。我国恢复高考后的前几年，朱先生被委任为全国高考语文命题组负责人。我们高兴地看到，与"文革"前相比，高考语文试题从重知识检测到重能力考查，有了质的变化。特别是作文题，几乎每年翻新，尽管社会上有毁有誉，但其探索的初衷与改革的方向则已成为人们的共识。有一年作文题是缩写一篇文章，实际是考查学生的阅读和概括的能力，考后我带着一批同校的语文老师走访朱先生，问："按这种改革的思路下去，明年的作文题该不会考查学生的阅读和演绎能力，让扩写一篇文章？"朱先生听后一怔，侧着头，笑笑回答道："那完全可能。"大家以为他是脱口随便一说，都没太在意。不料此话竟被言中，次年的高考语文作文题果然是对一篇文章的扩写。还记得一位语言专业的同届校友想报考朱先生的研究生，让笔者陪他去看望先生。到了先生家，笔者半开玩笑地对先生说："我当年要是学的语言专业，也想凑个热闹，报考您的研究生。"没料到先生笑吟吟地对我说："不是学语言专业的更好呀，思路更开阔。"当时不禁一愣：先生的思考真是与众不同，他真是一位令人敬佩的学界长者！

除了语言学，朱先生还攻研过文字学。他的爱好颇广，尤其擅长京剧，拉得一手好京胡，唱起来称得上是"字正腔圆"，在系里表演常常博得阵阵喝彩。先生曾任北京大学副校长兼研究生院院长，于1992年7月19日病故于美国斯坦福大学医院，享年72岁。出版的著作除上述《语法讲义》（1982）外，还有《现代汉语语法研究》（1980）、《语法问答》（1984）、《语法丛稿》（1989），以及《朱德熙文集》五卷（1999）等。

## 冯钟芸：师道垂范

"文革"后期邓小平同志复出工作后不久，北京西城区华侨补校礼堂座无虚席。

台上不紧不慢、抑扬顿挫的讲课声，与台下"沙、沙、沙"的笔记声和谐交响，产生一种令人沉醉的圣洁的氛围，与

"文革"初期人们听得两耳起茧的激烈的口号声和整齐的语录声形成鲜明对照。这是心的呼应。

我偶尔抬起头来，远远端量这位再熟悉不过的讲课人。还是那头刚刚过耳的剪发，与她淡雅的装束相衬相融，给人以"天然去雕饰"的美感。那双炯炯有神的大眼，在她棱角分明、端庄可亲的面庞上显得分外突出……

当年她走进北大的阶梯教室，步履轻盈地登上讲台，缓缓地翻开书本和讲义，待铃声一响，她也是用这双几乎能说话的大眼睛环视四周，与同学们作亲切交流状，叽叽喳喳的教室便顿时鸦雀无声。

先生讲的是中国古代诗歌选。尽管她籍入河南，却能操一口纯正的普通话。那铿锵悦耳、声情并茂的朗读一下就抓住了学子的心。再从有趣的背景介绍，准确的字词、典故诠释，直至全篇的思想艺术把握，从学术界对某些作品的不同理解到自己观点的提出及其理由，一步步将我们引入古典诗歌的美妙天地，如痴如醉，优哉游哉，任想象的翅膀凌空一振……

这次讲的是杜甫的《秋兴八首》，是先生最有研究的篇章之一。十多年前我曾恭听过她的深入讲授，并拜读过她发表在学报上的文章。但这次她竟根据后来研究的材料，不仅丰富了自己过去的某些观点，而且也否定了自己曾坚持的某些见解。这使我深感震惊与敬服。难怪郭沫若曾夸她别人搞烂了的题目她还能搞出新意来。

此刻，我更觉得十多年前由她指导我撰写毕业论文时的那些"严教"实在有益。

在北大中关园刚过小石桥的一座院落里，穿过翠竹环绕的前院，我如约来到先生府上。进门时，只见一排排古雅的栗色木制藏书箱顶天立地占据着厅堂的两壁，另一壁悬挂着一幅气韵生动的齐白石所画的瓜果，旁边还放着一台德式钢琴。早就听说先生是著名学者冯友兰、冯沅君以及著名作家宗璞的至亲，又与著名哲学家任继愈结为伉俪，这迎面扑来的书香世家气息真令我恍恍然如入幻境。

先生可能看出了我的局促，笑着让我在茶几一侧的红木椅上坐下，保姆也端来茶水。先生在另一侧坐下后，从茶几上的烟盘中拣出一支牡丹烟递给我，并亲自给我点火。她也燃起一支，悠然地夹在两指之间，边抽边谈些轻松的话题。

当我不知不觉地被引入正题后，才知自己原以为蛮有新意的论文构思是多么肤浅。先生几乎站在对立面，从论文的整体结构到观点的提炼，从理论支持到材料依据，无不一一质疑问难，特别是对我的"想当然"发起猛攻，使我当时的脑子差不多变成一片空白。"你还是用了不少心。"这是先生送我出门时留下的一句话。听得出来，这不是任何实质性的肯定，而仅仅是安慰和鼓励。

我决心重建自信，恨不得按先生的要求，一口气读完学校图书馆所藏与我论文内容有关的全部善本。我认真作了记录，定期向先生汇报学习心得及论文撰写提纲修改方案。先生每次似乎都有些微的赞许，但却从来没有十分满意的时候。要从先生嘴里讨得一个"可"字实在不易！直至先生仔细看完论文的第四稿，才说了句"就这样吧"，接着还叫我在她用铅笔划出的地方做进一步的语言润色后再正式誊抄。

也许，正是先生当年的"严教"，使我丢掉了许多浮躁，悟出了做学问的一个"实"字，——只有踩在"实"字上，才能求得真正的"新"。而当时的磨砺也为我同先生建立的友谊，以及后来的多项业务合作奠定了牢固的基础。

待经久不息的掌声慢慢平息了以后，我悄悄地走到后台拜见先生。她当时阔别重逢的惊喜令我难以忘怀，随即相互留下了住址。一年多后，先生沿途费了不少口舌，总算找到我在西城一条偏僻胡同里的斗室，特地赶来参加了我的婚礼，并送了一幅精美的桌布以示祝贺。这桌布我们怕铺桌容易弄脏，就用来覆盖彩电——直至现在。

## 赵齐平：超越生命

一提起他的名字，我心里就难过，有时禁不住要掉下泪来。

有人说"好人不长寿"，这话未必准确，但他仅仅走完59个春秋，就撇下那么多想做的事情，匆匆地离开了我们。

那是在80年代初期，我刚调到中央广播电视大学工作不久，学校即将向全国数十万电大学员推出文科类课程。当时教育部决定由北京大学等名牌院校教师承担主讲任务。在我得知负责主讲中国古代文学课程的有赵齐平先生时，眼前立即浮现出他平和的举止与俊逸的形象……

记忆中当年风华正茂的那拨老师里，数他最注重教态与仪表美。整洁得体的着装，溜光的背头和无边的眼镜，都一改人们对中文系师生的"老夫子"印象。而他给我们讲授中国文学史第三段（部分）时，那字斟句酌的讲述与工整秀美的板书，那斯文谦和的一句一抬头，又有胜于"老夫子"的执着、认真……

我一步步登上中关园一幢宿舍的顶楼，叩开了先生的家门。虽分别了近20年，但先生还是一眼就认出了我，用手指着我，笑呵呵惊呼我的名字。

无须仔细端详，便见出先生明显变老，身体有些虚胖，两鬓亦已染霜，步履迟缓而沉重。一件略微发黄的白布衬衫紧罩着上身，与下身穿的一条肥大而陈旧的深色呢裤很不协调地搭配在一起，顷刻间令我记忆中先生的那股潇洒劲儿荡然无存……

而唯一能与我记忆相扣的，是先生当年的精神头儿。他眨眨眼镜后面那双灼人的眼睛，一见面就满脸堆笑激动地说："我非常高兴能接受电大的主讲任务，上不了课太难受了，现在可有事儿干了！"安排这项工作的冯钟芸教授（时任北大中文系古典文学教研室主任）曾透露，先生长期所患肾病不治，已恶化成尿毒症，现在家全休接受一周两次的透析治疗……

当我询问先生的病情时，先生似乎很不以为然，只说学校和系里如何关心他，每次都派车送他去医院进行费用昂贵的透析，而每次透析回来精神都很好，还能带研究生和搞学术研究，"我不能白吃人民的饭啊！"

此刻，室内一壁先生自搭的书架引起我的浓厚兴趣。它们都是先生不知从哪里弄来的尺把长的废木块组合而成，根据藏书的尺寸和类别随意搭成或长或短或高或低的格子，由地上直升到屋顶，满满的一墙，像一片铺天盖地的彩云，夺走了人们的全部视线，似乎也夺走了先生的魂。它是在除了双人木床与木方桌再无别的家具的室内，写照先生人生的一道亮丽的风景线……

先生最初只是承担电大课程明代文学部分的主讲，计划一年完成文字教材的编写与音像教材的录制。这对病中的先生来说已是超负荷了。然而，时隔数月后，却因意外的变故，还需先生再添重负——承担宋辽金文学部分的主讲，并须抢先完成其教材的编制。

我不忍先生以病弱之躯承此至少需时一年的计划外工程。但先生竟毅然决然地说："我不能眼看着几十万电大学员上不了课，——他们有念书的机会不易啊！况且，这段文学史我熟，还有我的研究生可以帮帮忙……"

在一个酷热难挨的伏天，远近知了的声声长鸣将人搅得烦躁不安。当我被师母迎进先生的书房兼卧室，只见先生穿着背心裤衩，正伏案专注撰写电大教材呢！宽大的饭桌被挪在床前当书案，桌上铺满了翻开的书本和笔记，一张墨迹未干的稿纸上还渗着先生肘上的汗滴。先生的身后，是散铺一床的手稿，大概是那大早饭后全我到来时苦战的成果。

先生从墨迹丛中站起身来同我握过手，拣起一把蒲扇递我；他自己则拿起床沿上的一块毛巾揩汗，摘下眼镜，从额头直揩到手腕，接着也拣起一把蒲扇扇个不停。

见着先生比前几次又苍老多了，动作也更加吃力，我不免有些担心。先生却宽慰我："不要紧的，我已联系好医院，过几天就住院治疗了，会很快缓过劲儿来的……"

我想转移话题，问先生屋里那面墙壁的木格已盛满了书籍，若再买书往哪里放？此时先生倒有些黯然神伤，答道："我不再买书了。"我仿佛读出了这话里的潜台词，一阵酸楚掠过心际……

后来从负责这段课程的同事那里得知，先生硬是在医院病榻上完成了全部书稿与讲稿，而且完成得极为认真。他亲自手抄讲稿，核对引文，录课前又将易与乡音念混的字标上拼音。他拖着沉重的病体坚持赴电台录课，以至录课时不得不将浮肿的双腿搁在椅子上，每次录完课返家总是疲累得卧倒于床！

82级全国电大文科学员是有幸的。他们终于如期读到了先生所著的以丰富精深的内容和浓郁的思辨色彩独树一帜的教材，并从广播里聆听到先生铿锵有力而又引人入胜的讲授。有些同学还收到先生的亲笔回信和托先生代购的教材。但谁也不知道也不敢相信，这无限的温情竟是先生用生命换来的奇迹！

转眼过去了数年。我带着全国电大学员的感激之情走进301医院先生所在的病房。先生因移肾出现变异而在作生命的最后拼搏。他的面部已浮肿得几难辨认。而先生还用微弱的声音断断续续地说道："等我出院后……要根据学员的反映……修订电大教材……我还想……给电大学员上课……"他还想再次创造生命的奇迹，可惜没能成功。

当我翻开先生临终前不久出版的专著《宋诗臆说》，咀嚼着先生自 1955 年考入北大做研究生，前后从师于浦江清、吴组缃时即着手，直至留校任教开设宋诗专题课的漫长岁月中潜心学习与研究的结晶，先生的音容笑貌再次浮现于我脑际……

先生以其一贯始终的自觉自爱自重自强，给自己一生画了一个句号。我们深深感谢先生，我们将永远怀念先生——是的，永远……

## 陈贻焮：气度非凡

"今后你评教授时，我再来给你评……"这是陈贻焮先生从家里把我送到未名湖边临别时的话。此时，夕阳的余晖洒满了未名湖的湖面和周围的林木，望着先生离去的背影，我的眼睛有些湿润了。

几天前，我挟着一叠申报副教授职称的评审材料跨进未名湖北岸的镜春园，——好幽静的一所院落啊！陈贻焮先生，这位早谙其名而无缘相晤的长者，闻声从东厢房出来，笑吟吟地下得台阶，绕过掩映门窗的一排翠竹，将我迎进屋里。

这是一个迷人的书香世界，墙上颇具品位的字画及案边先生墨迹未干的书法，竟使我忘却了来意。先生许是看出我的兴犹未尽，便从抽屉里拿出他的诗词近作示我，——那都是用娟秀的行书写就，与极富灵气的诗作浑然天成，堪称"二绝"。此时我不经意打量先生：中等个儿，微胖，有些秃顶，但一副眉清目秀的和善面孔，倒使人感到他的年轻，至少难于读出他的年龄。

我们几乎没有寒暄，便海阔天空起来。我固然自叙经历——从北大五年的学习直到目前的工作；先生则大谈其养生之道——从未名湖晨练直到性情的陶冶。当然，也免不了把教过我的名师评头品足而实则是由衷赞扬一番。当我说起以前经常参考先生选注的《王维诗选》时，先生一笑置之，道："那是我年轻时作的了。我后来的主要精力是研究杜甫，《杜甫评传》的上卷已出版，中卷和下卷也将面世……"

这时，我们才开始进入正题。我向先生一一介绍送审的三篇文学论文：一是发表在《文学评论丛刊》上的《杜甫在华州的"诗兴"——兼评郭沫若同志〈李白与杜甫〉》；另是发表在《百科知识》的《中国古典诗歌的形式流变》；再是发表在《学习与探索》上的《政治功利与白居易新乐府》。先生耐心听我介绍完送审材料，若有所思地说："你们电大的工作头绪繁多，还要琢磨远距离教育特点，能挤出点时间来搞专业学术研究，不容易呀！"

恰逢国庆佳节的当天，夫人陪我如约来到先生处索取评审意见。先生会怎样评价送审的论文呢？尽管我满怀自信，但仍然有些不安，——先生毕竟没有教过我，我们又是初次见面，对先生的脾气和风格知之甚少。万一……

然而，先生见面时的一番鼓励和教诲，着实出乎意料，也着实令我惶恐。先生说："三篇文章我都作了评价。总的认为不错，有很高的学术水平，而且文字也不错。'杜甫'那篇写得比较深刻，又是写在那个时候（按：此文完稿于'文革'结束之初），可见研究的功力。可以说这篇超过萧涤非，萧提得

太浅，都是概念性东西；郭沫若提得太偏，不值一驳。这篇恰
到好处，用道理说服人。这篇主要'立'得好，对'诗兴'的
解释好——'诗兴'不是闲情雅兴，一下子把郭老的浮浅解释
出来了。'流变'一文，整篇文章观点我都同意，只是最后一
句概括'长短句式比整齐句式更富有生命力'值得商榷。因唐
代许多律诗、绝句，今天仍有它的生命力。我认为格律的形式
只要用得好，未必能束缚作者思想的表现……"没料到先生已
视我为入门弟子，和盘托出对拙文的褒贬，并置身其中。我心
里踏实多了。

可是，在先生评价第三篇文章时，我刚刚放松的心情，又
突然紧张了起来。先生笑了笑，饮了口茶，慢腾腾地说：
"'新乐府'的观点……同我所持的观点……正相反……"

哎呀！这下撞到枪口上了！我为什么如此大意，偏偏拿出
这篇文章送审！？此文乃针对《光明日报》第692期《文学遗
产》王启兴先生的文章而发，（按：拙文不赞同对白氏新乐府
持基本否定态度，认为白氏新乐府是以探索性的诗体报告文学
兼政论的样式，强化了诗歌反映现实、改革时弊的自觉性），
谁知竟触到陈先生的学术神经！？

陈先生大概看出了我的紧张，又笑了笑，带着赞赏的口气
道："当然你是针对王启兴的观点说的。我也认为他强调得有
点过……我认为学术问题可以有自己的观点！"此刻，我不仅
觉着先生公允，而且觉着他海量，——那是我所敬佩的一些北
大学者特有的非凡气度！

接着，先生起身将工整书就的评审意见连同送审材料郑重

地交付与我，而后慢慢回到座位，语重心长地说了许多鼓励我进取的话。临了，先生取出自书诗词近作赠我留念，似有不舍之意，一直高兴地将我送到未名湖边。

说来也巧，大约一年以后，我参加一个学术研讨会，台上的报告人竟是王启兴先生！同他相认吗？很想向这位学界知名的武汉大学教授讨教，可又想到那次学术交锋，不免犹豫起来。后得知他曾在陈贻焮先生门下读研，我便忽然来了勇气，——或许是陈先生气度的鼓舞，——有其师必有其徒也！

当我向这位学长自报家门后，他甚是兴奋，说已从陈先生那里知道我，而且颇为同意拙作里的观点；随后还把带来的研究生介绍给我，说要认我为师。啊，他果然海量！此刻，我深为学长与其师同等胸襟、气度而感慨，也深为母校学风的民主而自豪。嗣后与学长犹如故人，时有书信往来。

以上故事发生在上个世纪八十年代中后期。而今陈贻焮先生虽已作古，但其非凡气度却传承有人，——这是他留给未名湖的最好的纪念……

（载谢孟《现代教育论集》第192—219页；北京大学出版社，2008年8月第1版）

# 绞刑架下的凝思

　　我年轻时读过伏契克《绞刑架下的报告》，却未曾见过绞刑架。这次见到了，是在唐山乐亭李大钊纪念馆里。

　　车出京城奔东南，平整如砥的高速路两旁，是望不到边的庄稼地和纵横交错的防护林，一片绿衔着一片绿，煞是清爽诱人，乘者的心都快融在其中了。未及细细咀嚼无尽的葱郁，我们便来到大钊故里，这座地图上很不起眼的县城。它雄踞冀东平原一隅，却离京唐港不远，夜阑人静时许能听到隐隐涛声。城里街面颇宽，林林总总的新楼都不算高，似欲躬下身来，与洁净如洗的旧舍相依，浑然构成一个祥和的世界。

　　那纪念馆仿佛是从这片热土长出来的。很大很大的广场后面，八根擎天柱纵身跃入碧空，通达寰宇。其后是布列错落的四柱，抑或暗寓四季，令人不难联想到万古恒留的精神。

　　过了柱台，由象征大钊年华的三十八级台阶拾级而上，终于进入纪念馆的殿堂。先生静静地站在正厅中央，背着手"冷眼向洋看世界"，颤抖的嘴唇欲言又止。紧邻这座汉白玉雕像的左右两厅，陈列着他震撼世人的生平事迹。其实，络绎不绝的参观者对大钊故事几乎耳熟能详，而今是在找回一种记忆，触摸一种感觉，净化一种心灵……

那副著名的绞架前面围满了人。尽管是复制品，仍透出当年敌人的狰狞。奉系军阀大概为表白对共产主义的仇视，刻意从德国进口了这副绞架向中国革命先驱施刑，却恰恰表明了他们对这"幽灵"赫然东游的恐惧。绞架用特殊方钢制成，两条粗粗的绞索冷冷地挂在坚固的横梁上，张大了口，真有些瘆人。

绞索晃动起来，大钊先生第一个走向绞架，仪态从容……

我想起《狱中自述》一段话："钊自束发受书，即矢志努力于民族解放之事业，实践其所信，励行其所知，为功为罪，所不暇计。"——录于先生九岁时所抄《重译富国策》一书的原件不远处，称得上是这位先行者一生磨难的注脚。

绞索晃动起来，大钊先生第一个走向绞架，目光似刃……

我回味着展厅所示大钊的一些话："社会主义是要富的，不是要穷的。""民主，就是人民的统治，使广大人民群众过一种很好的精神和物质生活。"……好像就在今天报章的字里行间。

绞索晃动起来！凶残的刽子手为折磨这位"铁肩担道义，妙手著文章"的知名前辈，竟故意持续行刑达28分钟之久！在万般痛苦的那刻，英雄无畏如有所思，是壮志未酬的嗟叹，还是人生无悔的欣慰！？穹宇间约莫回荡着豪语如歌："试看将来的天下，必是赤旗的世界！"远送义无反顾者踏上天堂之路……

我望着绞架深邃的背影，久而入幻，忽觉电闪雷鸣，天摇地动，继而五光十色，异彩纷呈，有神女自蔚蓝一隅飘然而下。她不苟言笑，但很美。责余曰："先生奉于斯，归于斯，是乃得其所哉！汝等何以问道!?""问道不分先后，精诚所至，金石为开。"吾惶惶作答。"汝等芸芸众生，何以为贵！"神女又问。"贵在怀抱，亦所谓信仰也！""信仰何所指耶?"神女再问。吾答不绝如缕："诸如尊崇马克思、基督，笃信佛、道、伊斯兰什么的……""信仰为口头之诵经、项上之花环乎！"神女打断我语，似有不解。"非也！愚以为信仰乃无言的真诚、心藏的神圣、无悔的执着、生命的寄托、理性的择定……"神女若有所思，嫣然一笑，遽尔远逝。

"嘻嘻！"不料魔鬼窃听了方才的对话。"阁下的理解未免过时。其实信仰无非是一种实惠与装饰。你看我不也在那面旗下举过手，宣过誓，习惯于当众展示一副好心，那是为了包装我贪得无厌的私欲。"魔鬼讲着，不无得意。我惊讶于魔鬼的坦诚。他接着夸耀附恶凌弱、中饱私囊的本领，终被我厉声阻止："信仰不容背叛者亵渎，或许你压根儿就未曾有过信仰！""你的脑筋真难开窍——只有傻瓜才'信仰'呢！"魔鬼做了个坏样，一溜烟跑了。望其丑陋不堪的项背，不禁豁然顿悟：大凡有信仰者无不经历并持续经历灵魂的洗涤，见诸行动则是行善如故、从善如流……

绞索是无情的，夺走了英雄的生命；但英雄的精神是绞不死的——真正的精神即可为之赴汤蹈火的信仰，是永远也绞不死的！

面对社会种种丑类，我们怒发冲冠过后，难道能因历史重演而否定有志者的牺牲!？那绞不死的精神难道不是燎原火种!？难道能因"路漫漫其修远"而望之却步!？

车返京城，已是夜幕四垂，华灯灿烂。那副冷峻的绞架还在眼前晃动……

（载《中国教育报》2003年6月24日第8版）

# 别样的快乐

说来也怪，进入多少人所企盼的颐养天年之时，我却很不安分，要乐于去做点儿费力却未必讨好、常人避之不及之事。这或许是本性难移吧！

大约2003年伊始，当校领导试探我能否接受一门传承中国文化的课程建设时，我几乎不假思索地说了一个"好"字，并拟该课名为"中国文化专题讲座"，继而推出若干选题及主讲教师名单供审定。

那是一个我多年朝思暮想的知识的海洋。我的心很快就潜于其中，随着它的流向荡漾；我又像驾着一叶扁舟，将平生的知识积累化作一股冲力，在朵朵浪花中来往、穿梭——那是一个何等美妙的时刻……

它的美妙更在于学而知不足的快乐。该课主讲皆学术界独树一帜的著名学者，其中不乏泰斗级人物。他们所展示的最新研究成果，常有一些闪光点开启我思考和想象的窗户，令我兴奋和折服。如加拿大皇家学院叶嘉莹院士探讨古诗的美感特质，借中、西文论之比较，指出中国古典诗歌所独具的妙处在于浑然一体的自然的兴发感动作用，它体现出中国哲学天人合一的精髓；叶先生还从性别文化的角度探讨词的美感特征，结合中国传统的文化语境、西方的符号学，以及清代张惠言"兴于微言"的词学理论，揭示出词的双重性别和双重语境特征。这些研究成果拓开了古代诗词研究的一条新路，令我茅塞顿开，兴奋不已。

无独有偶，著名红学家周汝昌讲《红楼梦》，亦彻底摆脱了红学界以及他本人的研究老路，站在一个全新的高度，紧扣"大旨谈情"的创作意图，在剖析宝玉形象所蕴含的博大情怀的同时，揭示出小说作者与传统价值观念相悖的大智大勇，进而发扬了古代文人志士所讴歌的舍己为人的精神。年届耄耋的周先生竟具如此创新精神，莫不叫人于震撼中叹为观止。作为晚辈的我，先生所赐快乐自是不言而喻矣！

当然，要获得别样的快乐，总躲不过付出艰辛甚至超常的努力。最烦的事莫过于反复听着录音、瞅着录像做记录，并整理成文。那是从早到晚集中精力，调动五官，重复单调，令人艰于呼吸。这事却偏让我遇上了，——三位蜚声中外的老先生共计九讲的录课内容虽事前有所交流，但临了既无讲稿亦无讲授提纲则是始料不及的。诚然，他们对自己所讲内容早已成竹在胸、滚瓜烂熟，开讲时也井然有序、张弛得度、旁征博引、信手拈来，可谓出口成章、鞭辟入里、极富魅力。习者不异为一种审美的享受。但换为审视者的我，如何去把握其讲授内容的观点、核实真伪、推敲逻辑、补充材料……尤其以"信、达、雅"来苛求，则是苦不堪言的事了。

好在所聘主讲不仅学识渊博，而且修养极高，每当我提出商议之处，无不虚心接纳。故此，我倒以"挑错"为乐了。每挑出一个错来，便当作是对自己的嘉奖，窃喜不已。如此苦乐的转换，早把起初的"苦不堪言"抛到九霄云外了！被主讲们虚怀若谷所感染，我潜心改错一讲50分钟内容的光盘，虽反复10次左右方可罢手，但仍乐此不疲。

其间有件事印象颇深。叶嘉莹院士讲《诗的美感特质》一讲时，曾云："《书经·尧典》载，舜命夔典乐，教胄子（即国子）"……后查《十三经注疏》上册131页，叶先生所引的这段文字确出于《书经》（即《尚书》），但并非其中的《尧典》，而是《舜典》。这是科学性问题，含糊不得。但此时叶先生已返回加拿大。联系到她在南开大学的博士生，回答也有些含糊："也可以这么说吧！？"我以为此处非改不可，但怎么改法？此时似有天助，妙手呼之即来——保留叶先生讲课时生动的原生态，字幕则有别于声音，改《尧典》为《舜典》，画面同时配以书影为证。结果既达到改错的目的，视觉效果也佳。这为此后类似的情况的处理，探索出一条可行的经验，——是可谓"在游泳中学会游泳"乎！？

转眼跨入古稀之年。屈指算来，七年多仅录制完"中国文化专题讲座"18个选题共计25讲，竟让前后16位主讲忙乎了好一阵子，惭愧呀！

说怪也怪，世间一些汲汲以求之事往往落空，而有些快乐随心之事反而会遇到点意外收获。真没料到那25讲在中国教育电视台轮番播出后社会反响这么强烈，被著名学者乐黛云先生称为"传世之作"；其首讲《汉字与中国文化》（由中国辞书学会会长、北京大学教授曹先擢主讲）荣获第五届全国教育优秀音像制品奖一等奖，还与张艺谋导演的电影《英雄》并列为第三届国家音像制品奖提名奖。本人乃凡人也，有时也忍不住把这些道出来吹吹牛。

不过，这些虚名都是过眼烟云，能快乐一时却不能快乐永久。回首往事，我感到与生俱来的爱好和追求是快乐不竭的源泉，它亦能令快乐永驻心间。曾教授我东方文学的季羡林先生有题赠勉励曰："有为有不为，知足知不足。"有几十年交情的任继愈先生亦随手题赠曰："锲而不舍，金石可镂。"这些都成了我人生的信条，启迪我去探寻别样的快乐……

（注：此文乃为交送国家开放大学离退休办公室的退休生活汇报，获该年度优秀退休教师奖）

# 跨越时空的旋律

## ——我与电大校歌

　　这个题目在心中酝酿了很久。似乎随时都能一挥而就，却又迟迟不肯动笔——或许是想更多地搜索记忆的光点，或许是在积蓄灵感到来前的爆发力，或许是在寻觅打开心扉的入口……

　　那是一些多么难忘的日日夜夜！五年多前，当校领导委自己以创作校歌歌词的重任时，一种难以名状的激动始终缠绕着我：是跃跃欲试的冲动，还是力不从心的惶恐，还是……

　　作为一个老电大人，自1981年电大创办文科就来到这块正在开垦的处女地，与全国电大的同仁们在极艰难的条件下摸爬滚打，创建现代远距离教育课程，以蘸满希望的彩笔描绘电大灿烂的明天。我们用自己的信念和汗水创造了举世无双的奇迹。当时的电大是那样地粗陋，简直像只丑小鸭，但我们却在不断品味她那稚嫩的美，这是她的精华与活力之所在；当时的电大是那样孱弱，简直像棵易折的小草，但我们却在不断捕捉她那向上的力，这是她疾步与世界接轨的凝聚万心的源泉。是的，我们坚信困难将被战胜，粗陋将变得精美，孱弱将变得强大！也许正是这种坚不可摧的信念，把我们电大人紧紧地联系在一起，以至无论我们走到哪里，走到祖国的东西南北中各方，只要那里有电大的血脉，就不仅能找到同行和知己，而且能感受到一种"全国电大是一家"的亲情。而今，这所世界上最大的"没有围墙的大学"不仅已初具规模，桃李满天下，显示出越来越旺盛的生命力，而且以其现代化教学手段和独特的办学方式，在祖国教育领域占据着不可取代的重要地位，为五大洲的同行们艳羡不已……

我是多么想在校歌里倾注自己对电大的挚爱——正如我在电大的创业中倾注了自己深深的爱一样！我琢磨过一些校歌歌词，特别是台湾空中大学的校歌歌词，觉得它"校训"味道太浓，缺少一种感人的气势。此刻我脑海中却更多地涌现着大家十分熟悉的电大形象和电大精神：她的"没有围墙"，她的"现代化"，她的学员为祖国的振兴刻苦攻读……于是，几经易稿后，下面一段带有赞美意味的抒情性文字从笔者肺腑流淌出来：

> 我们的校园无限宽广，南疆北国处处桃李芬芳。
> 我们的知识来自空中的课堂，
> 电波飞渡，
> 汇成心中的黄河、长江……
> 自强不息，播种理想，
> 在知识的海洋里再造辉煌。

　　我们的学员大都有工作经历，今天的学习自然为来日的"大显身手"奠定坚实的基础，而通过包括电大学员在内的一代莘莘学子的顽强拼搏，曾有过灿烂文明的中华民族，离重振雄风的时日还会遥远吗！？故这里用"再造辉煌"来一语双关。笔者不敢说上述文字准确地描述了电大的形象和精神，但至少表现了自己对电大的理解和情愫。歌词到此，似乎已近尾声，而恰恰这煞尾，却颇费了些周折。笔者在前几稿中曾引用小平同志"三个面向"的指示，以"我们永远蓬勃向上""我们永远是一轮向上的朝阳"等句作结。后经学校组织对校歌创作的多次讨论，笔者从中获益匪浅，最终以"三个面向"为蓝本，稍加变化，使之成为抒情主人公的语言，并与整个歌词的动感基调融为一体：

　　　　走向世界，走向未来，我们要做现代化的栋梁！

　　应该说，电大的本质特征本来就与小平指示的精神有着某种内在联系，因此能与歌词的其他内容相衔得如此天衣无缝，这也算是一种缘分吧！

　　笔者暗暗庆幸的，还有歌词的配曲竟是那样顺利！歌词中有"汇成心中的黄河、长江"一句，而曲作者恰恰是脍炙人口的《长江之歌》的作曲者王世光先生，这或许也是天意！经同事的父亲介绍，在中央歌剧院担任院长的王世光先生非常乐意为我们广播电视大学校歌谱曲。当笔者走进该院院长办公室和他见面时，这位浓眉大眼、体魄壮实的著名作曲家和我握过手，倒过茶，便仔细地阅读起歌词来。没料到他十分喜欢这首歌词。尽管我向他再三征求修改意见，以便适应谱曲的需要，但他还是笑着说："很好，不用改。"笔者根据校方的建议，表示希望将曲子谱得轻快、有力，"像《长江之歌》那样"。这时王世光先生迟疑片刻，略带难色地说："我一生不就写了一首《长江之歌》吗……"但从他并非拒绝的眼神里可以看出，他是要尽力去做。大约过了个把月，王世光先生寄来了曲谱的初稿，并附一函道："对不起得很，交卷如此拖拉。这是一首速度相当快的三拍子歌曲，唱慢了就不对头了。请你们看过之后再联络。"我被他的认真与谦虚感动了。几天后，我在电话中向王世光先生讲了学校对曲谱的意见，以为写得非常优美，但似乎略欠力度。王世光先生听罢二话没说，只说了两个字："我改。"一个多月后，我如约收到了曲谱的修改稿，王世光先生特附函解释道："……这一稿虽然以三拍子为框架，但已经是进行曲风格了"。我再次被这位艺术家的谦虚所感动。实际上，此后王世光先生又修改、补充了几次才最后定稿。在我家里，当我的儿子用钢琴弹奏这首曲子时，我和爱人照着定稿情不自禁地引吭高歌，心潮随着它那悠扬、明快的旋律而起伏，觉得它很能体现歌词的意蕴，不仅亲切自然、流畅上口，而且能隐约地感觉到《长江之歌》的那种超越时空的穿透力。我深深地舒了一口气，以为电大师生会喜欢上它，而它的旋律也将伴随着电大人的脚步超越时空，有力地飞翔……

　　然而，更令人感动的则是这位著名作曲家自打"接活儿"始终未曾言"钱"。这倒不是他远离尘嚣，不谙"市价"，而是抱着"支教"的目的，几乎是义务为全国广播电视大学师生"献艺"——其间又在繁忙的领导岗位上如此投入和"有求必应"，这就不能不说是"重义轻利"的"君子风范"了。王世光先生对全国广播电视大学师生的情义还不仅仅是为校歌作曲，他还借助职务之便，调动中央歌剧院的精英们为制作演唱、演奏校歌及《电大圆舞曲》的DAT录音带效力。那天，笔者与中央电大当时的校办主任王石丞先生、编辑部负责人严冰先生再次来到中央歌剧院院长办公室，只见王世光先生正在向配器与合唱指挥许知俊先生面授机宜，安排录制工作，我们于是顺利地签订了录制合同，在录制种类、质量、效果、时间要求等方面均达成共识。后来许知俊先生与我们合作得十分默契，他精心组织了中央歌剧院的优秀演员和舞台工作者参与具体录制，特别是约请了他的哥们儿、柴可夫斯基国际音乐比赛声乐金奖获得者袁晨野先生在《电大圆舞曲》（注：该圆舞曲先为器乐演奏，后为校歌独唱。共计约5分钟，安排在学校广播电视课课间或大型聚会首尾等播放。）里独唱校歌，充分显示出他对这项工作的重视。有一次笔者与王石丞先生同去录制现场了解情况，陪同我们的许知俊先生在大街上忽然叫司机停住车，指着迎面骑车而过的一位标致的小伙子说："他就是袁晨野！"他喊住袁晨野先生和我们笑着打了个招呼。袁先生稳重而谦和，单纯得透明，就像他那浑厚而纯净的男中音一样。没料到这位亚洲40年来首次在柴可夫斯基国际音乐比赛中捧走桂冠的人，竟兴致勃勃地来到民族文化宫，和我们一道参加"中央电大15周年校庆暨全国电大表彰大会"。王世光、许知俊和袁晨野三位先生，都是我们盛情邀请的大会嘉宾。王世光先生因故来不了，特委托许、袁二先生同时代表他到会祝贺，并实地调查《广播电视大学校歌》和《电大圆舞曲》的DAT录音带的播放效果。

此刻，上千双兴奋的眼睛聚焦在同样兴奋的主席台，台上台下都齐刷刷地站起来……庄严宏伟的国歌之后，礼堂里响起了悠扬悦耳的电大校歌的旋律：

> 我们的校园无限宽广，
> 南疆北国处处桃李芬芳。

此刻，我想象天山脚下的维吾尔族青年，海南椰林边的黎族学员……凡是卫星传送所及的闹市与远乡的电大师生，莫不围立在电视机前收看中央电视台对庆祝大会的现场直播，内心受到同样的震撼。作为电大校歌的词作者，我感到一种前所未有的冲击力在血液里沸腾……

五年犹如弹指。今天，当电大走向更加开放的历史时刻，笔者又接受了设计制作电大校歌MTV的任务。我在剪辑画面时，从介绍地方电大的录像片中看到了电大带着现代化的呼啸声，朝着彻底开放的目标奔向光辉未来的雄伟气势。我多么希望电大校歌能永远与电大前进的滚滚车轮相伴!

(载《中国教育报》1999年10月25日;为纪念中国广播电视大学建校20周年,《中国教育报》高职成教部与中国电大教育杂志社合办"我与电大"征文。此文为五个一等奖之一)

# 站在亲人墓前

青草萋萋，春风徐徐。

站在亲人墓前，心潮澎湃，思绪万千：我一生挚爱的人——祖父、父亲和母亲，你们在那边过得好吗？这么多年过去了，你们的音容笑貌总在我眼前浮现；如今我已迈入耄耋之年，对你们的思念有增无减，似潺潺的流水不断……

## 祖　父

祖父谢明经，您在我眼中就是那个头戴瓜皮帽、身穿长袍马褂、手拿长柄烟袋锅，中等身材、清瘦的脸上镶嵌着炯炯有神眼睛的小老头儿。据父母回忆，您是吃过苦的人。我们谢氏是谢安、谢玄之后。"淝水之战"以后，为躲避苻坚的凶残报复，谢氏先祖曾举家逃至赣南并改用客家方言交际，其后人各支分别漂泊到经济较发达的地区重整家园。祖父这支则于清末民初落脚在四川隆昌。

入川后，您不惧困难，独自挑起生活的重担。您学经商，把隆昌的特产"夏布"买来运到上海，换回上海的洋布到隆昌来卖。一时间生意火爆，震惊了当地。于是，隆昌的商家推举您为"袍哥会"（商会）会长。而后，您又借机推出隆昌的另一个特产——那软硬适度、经久耐用的"猪鬃"到海外，奠定了隆昌外贸出口的基础。

父亲说，您才智过人。您不仅能经商，还会管理财务，据说闭着眼就可以打算盘！因看重您的才干，县老爷登门求贤，让您出任"县财务科长"，并监管拓路、建桥等土木工程。管理财务是轻车熟路，但搞土建是一门不清。还是"越是困难越向前"，您边学边干，为隆昌留下了可圈可点的建筑。如今隆昌多处大桥上都留下了您的芳名——谢明经。

您在家中的地位无人能比。您管理着一个30多人的大家族。您持家有方，尤为重视教育。您要求年轻人不管男女都必须念书至大学毕业，而期间花费全部由您一人承担。

您还是当时远近闻名的"义医"，怎么回事？原来，为给家族节省开销，您通读医书，自学成才。这在我的身上得到印证。母亲多次提及那件事：在我三岁时，患了一场集"伤寒、痢疾、天花"为一体的怪病。寻遍县里有名的中西医，都说没救了。当时的我高烧不退、意识模糊、身体变凉、气如游丝……家里备好了小棺材，母亲整日以泪洗面。这时您亲自出马了！只见您的面前摆满大大小小几十个药罐，手捧医书，通宵达旦地精心配药、调理，经过近一个月的时间成功地挽回了我的生命！

祖父，您就是我的贵人！

您的事迹很快传遍大街小巷，找您看病的人越来越多，您从来不收钱，您说："我给人治病不是为挣钱，而是为救人！"我亲眼看见县太爷曾坐着滑竿来我家看病。

您的功德名扬全县。在我记事以后，每逢春节，县里的"龙灯队"都要高举龙头先到我家给您拜年。这时的您端立厅堂，仪态万千，目视前方，含笑的神情似乎在说："人生足矣，此生无悔！"

# 父 亲

父亲谢国敏，典型的"理工男"。他的穿着已经改变：不再是长袍马褂，而是"西服、中山装、白衬衫"。父亲身材没有祖父那么瘦，但比祖父高点儿，很有"骨感"。

父亲是祖父母眼里的乖孩子，遵循教诲，孜孜不倦。他曾在唐山交大（西南交大前身）学冶炼，与著名科学家茅以升同年不同班。他学习极好，但清高、内敛。他与母亲成婚，校友们曾起哄让他设宴，他却拒绝不愿露面。

他以优异成绩大学毕业，曾得到政府许愿，说任命他为某铜矿矿长，但却附加了一个额外条件：必须加入国民党。被他断然拒绝，因为"技术吃饭、技术第一"的理念决不改变。

解放后，他受命于"中央有色金属管理局"，转战多地创建高炉，其工程质量受到苏联专家的称赞。他曾多次被评为先进工作者，成绩斐然。

然而，天有不测风云，一九五七年的政治风波，把这个不问政治的人卷进险滩。他被错划成"右派"，下放到云南东川——一个边远铜矿无人烟。

他困惑、不解："自己兢兢业业地工作，爱党、爱国，怎么会与'右派'牵连？"

他努力改造，屈身降阶委曲求全：一个高级工程师竟请求当工人，低调且安全。他努力地贡献才华，荣誉纷至。

那年，我有幸去云南探望他，只见他自己种菜自己吃，还养鸡在屋前。少有话语的父亲为我烹饪接风，摆上的全是他生产的收获——绿色的盛宴。

啊哦，父亲，单纯、憨厚的"理工男"，怎能隐忍若干年？您的一生坎坷、一生无怨。我想，如没有遇上那场灾难，您的前程定会无比灿烂！

## 母 亲

母亲薛国贤，公认的美女：白皙的皮肤、乌黑的头发、大大的眼睛、苗条的身材。明眸皓齿、仪态优雅，尤其笑起来，那眼睛像一对弯弯的月亮。

母亲，家境殷实，自幼上学，15岁初中毕业就当上小学校长。她才华过人，不仅教授语文、历史、地理、音乐等课，还会表演舞蹈、风琴、唱歌和吹箫。

据说，母亲曾被推选为"县花"，追求者不乏其人。

母亲与父亲结婚时，父亲正在上大学，父亲20岁出头，而母亲也就十七八岁。父亲视母亲为"珍宝"，他们相敬相爱。母亲相夫教子，一家人的日子过得平静、祥和。

母亲心灵手巧，做得一手好"女红"，还炒得一手好菜。解放后，随父亲工作调动，她带领全家东奔西走，为照顾我们十分辛苦。

就这样一位淑德、贤惠的女人，却在中年遭遇到前所未有的灾难——父亲被划"右"。本来的美好一切被毁灭，往日并不如烟。

政治的压力像一座大山，压得人喘不过气来，母亲被迫从教育岗位辞职。曾经骄傲的母亲，身心受到极大摧残。一家人要吃喝，几个孩子要交学费；父亲每月21元的工资根本养不活一家人。纤弱的母亲到处找临时活计干，拉排子车卖苦力，等等。日久天长母亲落下一身疾病，风湿关节炎让她的手指变形，哮喘让她整日不得安宁……没有更多的钱去看病，坚强的母亲并没有向命运屈服，她研究出了一套治病方法来自救，效果还不错。

坚强的母亲靠着坚韧的毅力和伟大的爱，让我们几个子女没有挨饿受冻，让我们始终有一个完整的家。那天，父亲平反后激动地说："我要感谢的第一个人就是你们的母亲，是她没有让我们这个家拆散！"

父亲退休后回到重庆才与母亲团聚，"夕阳无限好，只是近黄昏。"他们互敬互爱，过着朴实而平静的生活。

父亲、母亲，现在你们离开我们到天国去了。我愿你们在那里再无灾难，过得无忧无虑，平安相守。

我的思念，像无边的海；我的思念，像永恒的星辰。站在亲人墓前，让我深深的思念，随清风飘散，飘到你们那不死的灵魂里！

（与妻合作，2018年6月于北京）

# 云顶寨：一个消失了的神话

在我的记忆里，总有一个地方令我魂牵梦绕，那就是我的老家——四川隆昌市云顶寨。

老人们常提及它的沧桑，年轻人爱神侃它的神秘。而我更关心我家庭里曾有人在那里出生长大——我的祖母郭竹筠；曾有人在那里生活过、工作过——我的父亲谢国敏。

云顶寨现在是什么模样？我还能触摸到它的脉搏吗？

2008年4月底，借着回川省亲，在亲戚们的陪同下，我走进了它。

那是一座在四川隆昌市云顶镇海拔530米的云顶山上建筑的古寨。说是古寨，因为它占地不小——245亩，且筑有高7.4米、长1600多米、面宽3—4米的完完整整的围墙。虽历经600多年的风雨沧桑，如今已满目疮痍，但仍一息尚存。

远远地就看见石头搭砌的拱形寨门上赫赫醒目的三个大字"云顶寨"，而穿门则眼见掩在绿色杂树中的一块石碑，上面清晰地镌刻着张爱萍上将书写的"云顶寨"三个字。站在寨门——"通永门"前，望着眼前的一切，身体似腾地飘忽起来，穿越到600年前的明洪武四年（公元1371年）：汾阳王之后——郭氏始祖郭孟四从湖北麻城举家入蜀，走到云顶山坳，突然行李箩筐滚落山下，拾筐抬头只见此处山清水秀，风景如画，当即便决定就此安家。从此筑巢耕作，开启了"云顶寨"一代代人的历史。

永乐年间，明代进士、位居高官的郭氏后人郭廉致仕归林，筑小屋数间于山顶，因山势高耸，方取名"云顶寨"。几代后，人口繁衍，财产富足，云顶山下继续建庄院多所，山上也常增数檐。至万历年间，地方不靖，郭氏因山形以乱石垒墙，围诸小屋于内，以保老幼。其墙高数尺，开四门，内围土地多亩，是为云顶寨的雏形，也就是云顶首次建寨。

第二次建寨在清朝咸丰九年，也是为了防范兵匪。当时家资富有的郭氏十七世郭人镛，特商酌于族人郭祖周，将云顶山全部买下来，招集大批民工，用银子二万多两，拆除原有乱石，用石条，依旧址造寨墙，寨门则拓宽如城门样式，建成后招壮丁（寨丁）百人防守，族人及亲友可避难迁居其中。

第三次扩建在清光绪二十年，郭氏十九世郭祖楷，认为寨子不够坚固美观，便以二万多两银子，招民工三百多人，花两三年时间，升高了墙体，扩大了寨城面积，完善了防备措施，终成为川南地区绝无仅有的庄园式山寨。

时光流逝，斗转星移。

经过3个朝代和29代子孙的不懈努力，郭氏家族渐成"云顶旺族"；云顶寨建成了"云顶国"。据史料记载：郭氏家族在全盛时期的田产分布在隆昌、泸县、富顺三县，年单收租就达10万石，人口达一千五百多人（清嘉庆、道光年间），泸州老窖的酿酒业也由郭氏家族控制。云顶寨的势力范围纵横县南40余里，山顶筑城，固若金汤。寨门以楠木为心，外包铁皮，密布铁钉。主要寨门建有门楼，作瞭望之用；寨墙周围修有炮台4座，每座设土炮多门。城内兵多粮足，最多时除了寨丁之外，还有两个营的兵力。寨内建有庄园50多座。寨内有煤有井，有水有火；并设有邮政局、税务局、钱庄、学校、戏院、演武厅，甚至监狱等。寨外云顶场开设药铺、茶馆、酒肆、绸布缎庄、当铺、烟馆等等，一应俱全。

祖母郭竹筠出生在云顶寨一个殷实、富足的家庭里，自幼上学。到16岁时，八抬大轿嫁到隆昌县城，与祖父成婚。族亲郭步陶曾为上海晚报总编；郭成禹曾为地下党员、隆昌县第一位公安局局长。四表叔郭彝是全国首屈一指的铁路选线专家，成渝、成昆等线的选线成果较苏联专家所选之线缩短一半。"文革"中他被周总理特批为国家重点保护专家。

"云顶寨"的故事颇多，应接不暇……

如今……

还未进寨，那传说中的"鬼市"之说就扑面而来。那与寨门唇齿相依的不就是坊间相传的"云顶鬼市"、古称"云顶场"吗？它距寨门仅半公里，由跑马道与寨相连成T字形。该场由郭氏家族兴建，场上房子95%为郭氏所有。每当夜色迷蒙的凌晨，黑暗中一路而行的火把像点点"鬼火"闪烁齐拥到这里，寨民和附近的村民们无喧哗声，却有点儿鬼魅似的进行着只有一个多小时的商品交易，那种"偷换"的方式，古号"强盗场"。但人们却乐此不疲，并延续这习俗多年。这种半夜进场、天亮散场的"早市"风俗，被誉为我国"民俗文化的活化石"。

从云顶场走向寨门的路边，左拐不远处见有寺庙一座，不就是"云顶寺"吗？看似规模不大，倒也成为人们祈福许愿的网红打卡之地；斑驳陆离的红墙里微微飘出的缕缕香火，似乎在提示：佛祖一直在保佑着这里！

拾级而上，穿过"通永门"走进山寨。满眼所见，可用两个字形容：破败！"一个事物总可以从两面看"，也许就是因为没有后人的修缮，才成就了它今天的"原汁原味"！

沿着青石铺就的小路往里走，除零星的老旧房舍，已没有院落；到处杂草丛生，青苔遍布。昔日的演武厅偌大的台地已犁成田园，在演武厅的后壁下，出现水盘水井，自凹成蓄水池能取之不尽的地方，就是当年兴国中学女生部所在地亦即父亲教学之处。校舍早已不存，绿植倒是不少。伴着绿色中此起彼伏的虫鸣，我仿佛看到年轻的父亲当年挺拔的身姿和听到他教授英文带读学生时的纯正洪亮的声音……

不远处就是"如意池"的大堰塘，又称为"洗墨池"，为郭氏学子练习书法、洗墨所用；五孔的"落虹桥"横跨两岸。如今桥头的观鱼亭和桥东的古庙已不存，但池塘灵气依然。塘边野生果树和杂树茂盛，池中尚有小鸭嬉戏；树影婆娑，涟漪舞动，枯萎的芦苇摇头摆尾，杂草的生鲜气扑鼻而来，真是：池中泛绿波，园境生野趣。

散落的民居房舍隐藏在绿荫之中依稀可见，而当年的50座形态各异的庄园已荡然无存，仅剩的"金墨湾"——这座明末清初号称此寨中最大的也是寨主居住的府邸还可略见一斑。

说来也巧，管理人员那天在此值班，我们有幸进入其中，看个究竟。

这个大庄园，有堂屋、有院子，有回廊、有幽径，有假山、有流水，虽然现在破败不堪，却可以想见当年鸟语花香、满眼青翠的一副优雅富贵的模样；最惹人注目的是家之所用，极具奢华。进入其间，首先映入眼帘的是颇具审美价值的镂空雕花的梁柱，鎏金上彩的痕迹依稀可见。最让人称奇的当数明朝年间制作的六柱床。床沿下有一平台，上面放有桌椅，椅子分别置于床头床尾，中间放一圆桌，圆桌可拆分，分开后又成为单独的半圆形桌子，可分别放在椅子的旁边，吃饭、喝茶、看书，都可在这个床上完成。椅子又被称作金柜儿、银柜儿，因为椅子上有抽屉，是存放金银珠宝的地方，相当于今天的保险柜。最大的床为十柱床，带有卫生间（已不存在），完全是一个由上等楠木打造的卧室。床的种类还有三宫六柱床、城堡六柱床等，单就城堡六柱床而言，远远望去很像一座城堡，这种床的工艺为浅浮雕，两个工匠要干上多年才能完工，再加上鎏金上彩的工艺，价值不菲。

不想被"奢华的刺激"耽误太多时间，继续在杂草和青苔中往里走，看到寓意"太阳刚刚升起，事物正当兴旺"的"日升门"。

从"日升门"钻出来，太阳高悬，那光洒落在残垣断壁、丛生的杂草和破旧的房舍上，生机勃勃的阳光与破败不堪的园景相撞在一起的强烈反差，不免让人生出"斯人已去，风光不再"的酸楚感觉，而那一直藏于心中的疑问不免加重：从繁荣到衰落，为何？

郭氏家族族规甚严，又极重视教育，除在成都开办书局、印刷厂以外，还曾在隆昌创办知耻中学（现隆昌五中前身）。几代人中不乏仁人志士、英雄豪杰。据说，历代举人共20多个，秀才100多名；曾有数十人参加抗战，其中5人参加青年远征军；参加抗美援朝的14人，专家、学者不计其数。现矗立在"金墨湾"的"正直名臣"石碑就是当年朝廷为郭氏第三代为官清廉的郭廉所立。

真相有时就是雾中花、水中月，难以看穿。

饥肠辘辘，急匆匆地往回走，啊哦！可看见零星的住户了：一对典型的四川老年夫妇，头上扎着布围，脚穿草鞋，正坐在门前的小竹椅上晒太阳，抿嘴微笑的样子，似乎在向我们打招呼！

"梁家小店"是这里的又一张名片。写有"梁家小店"的黄色布幡在风中摇曳，木屋顶上悬挂着的一排老腊肉泛出诱人味蕾的光亮，操着地道四川口音的店主笑盈盈地迎上前来。"香肠""腊肉""红豆腐""糍粑"……地道而新鲜的香喷喷的农家味道，成功地挑战了我们的舌尖。

酒足饭饱之后，不忘去"通泸街"走走。"通泸街"顾名思义就是通往泸县的驿道，也就是隆泸古道的一部分。在通泸街的尽头处，就是传说中的县界"一道坎"，过了"一道坎"，便是泸县境内，站在此可以感受到"一脚跨二县，鸡鸣惊三乡"的含义。还是青石路、木板房，寥寥无几的行人，路边的一位老太太在专心地缝制手中的活计，大黄狗乖乖地趴在她的脚边睡觉。整条街道没有一点儿声响，安静得像到了另一个世界。突然见一片"红玫瑰"路边盛开，欣喜若狂，赶紧拍了照！

远离世事纷争，远离现代文明，这一座特立独行的荒芜的"世外桃源"能置身事外吗？

回程路上，思绪万千："斗转星移、世事沧桑。云顶寨——一个消失了的神话，铅华褪尽，风光不再。沁入人心的故事，古朴的原生态，令人不能忘怀。云顶寨何以从盛到衰？也许是世事无常，时代变迁；也许是不肖子孙败家无度；也许是开明的后代不甘家族藩篱的束缚，冲出去寻找未来的世界……"我更愿意相信第三个推测，因为"人要像梦一样自由"。

望着车窗外那渐行渐远的古寨，暗自慨叹："消失了的神话"或许能帮我们冲刷一下被喧哗、浮躁侵蚀了的灵魂，回归到和谐、宁静的心境里？

（与妻合作，2020年6月于北京）

# 妻子的三部曲

## 第一部曲：605厂，梦开始的地方

我跟妻子边庆利相识在1975年，结婚在1976年。

妻子是老三届里的老高一，相识时，她在北京市一轻局宣传处理论组借调。

听她讲，原本她在北京市605厂当钳工，在厂第5个年头，可能因为她在车间里算文化水准较高且又在宣传方面崭露头角，所以被下放到该车间的总厂干部处的同志"相中"，推荐到北京市一轻局去的。

说起在605厂的那五年，妻子激动了："那是我走向社会的第一站，是我梦开始的地方！"

### 当上小师傅

进厂当工人，在当时是多少青年梦寐以求的事儿；而当个好工人，则是妻心中追寻的目标。

"技术要过硬，是当个好工人的本分。"妻始终这样认为，为此她虚心向师傅学习，不久就掌握了钳工的基本功。她的第一任师傅带她负责单晶硅车间"真空泵"的维修。说到这个活儿，她压根儿就觉得它没有什么技术含量。单晶硅车间那边通报说，"炉子（单晶炉简称）抽不了真空了。"他们就用小车把该炉的"真空泵"拉回来。你别以为这个泵有多大，其实也就只有最早的9寸黑白电视机那么大。他们把它抬到工作台上，拆开外壳，取出真空片，放在汽油里清洗或拿个新的真空片，涂上真空油，再照着原样装上，最后通电试机，看到真空管里出现蓝光了，就证明能抽真空了，然后再把泵送回车间。如此这般，"你说我能学到什么技术吗?!"妻不甘心地说。

终于有一天，她的"小宇宙"打开了，利用中班的空隙，自行设计、组装了一台小的"震荡器"。它就像一个玩具，利用一个小马达和两个小齿轮的咬合转动，让中间的小玻璃瓶震荡起来。没承想，还真一炮打响。看着小玻璃瓶一前一后地有节奏地摆动，她欣喜若狂。

当她的革新劲头儿正猛时，"革新成果"被她师傅看到了，以为他会不快，会认为妻不安分，她等着挨批。谁知师傅小眼睛一眯，却说："你还真行啊！没来两天就搞发明。就这么着，你以后就当师傅吧。""什么，我当师傅?!"还没等妻回过味儿来，第二天，他就把刚进厂的70届的一个女孩领来，说："快叫边师傅。"妻再三推托无果。就这样，糊里糊涂地就当上了只拿徒弟待遇的师傅，而她的师傅则更是心安理得地三天打鱼两天晒网——"休病假"去了。

## 师从八级老钳工

"小边，我怎么看你也不像工厂里的人。"八级老钳工徐师傅不止一次地这样评价妻。"那我像哪儿的人啊？"妻问。"你吗？像医院里的人（他指医生或护士）。"徐师傅回答。"我怎么会给别人这种印象呢？是外形：又高又瘦又白，还是别的什么……"，妻一时找不到答案。但心里憋上一股劲儿，总想找机会给自己正正名。

后来，车间成立了"工具室"，具体工作就是工具的管理和登记。车间领导可能看中她文化比较高，又不像拿锤子的人，就让她来看管"工具室"。开始她并不情愿，觉得离技术太远了。但无法，服从命令呗！从此，天天守在"工具室"里，工作清闲而单调。

"工具室"外面的半间屋，有一张大桌子，那里是徐老师傅画图的地方。她闲暇时常常从"工具室"的小窗户往外面看。徐师傅，八级老钳工，也就是刚进厂时党支部曾神秘介绍过的那位当过一段临时工的老工人。他有一个特点，就是爱搞革新。他点子多，又会画图，论技术在该厂可以说是数一数二的，但他好像一直在车间当时掌权的那几位眼里"不得烟儿抽"。妻他们进厂那会儿，他特别不走运。尤其是手下的两个徒弟不给他"争气"。这二人有一天晚上在总厂的一个角落里谈恋爱，被厂巡逻队抓了个"正着"，说他们乱搞。这件事在当时可非同小可，不仅对他们进行了处理，而且徐师傅也受到牵连，"徒弟不正，师傅有责"。一时间，早就想整他的人认为机会来了，各种不利于他的舆论不胫而走，他变得灰溜溜的。

徐师傅身边的老徒弟没有了，只剩他一个人孤零零地干活儿。妻本来就尊重有本事的老师傅，实在不忍看到他形单影只的样子，也不觉得他与他徒弟的那事儿有多么严重。有时闲下来帮他递个水、尺子和笔什么的，也常常看他画图。渐渐地，他觉出妻对画图感兴趣，也有想跟他学徒的意思。一天，他对妻说："你想跟我学吗？"妻求之不得，连连点头。从此以后，她就离开了工具室，成为了徐师傅的徒弟。

机修车间有一项活儿，就是维修通风管道，但说是维修，其实是重换。可重换，就要下料，下料就要画图。徐师傅耐心地教妻画图，比如，设计几个弯头，几个长管，如何计算角度，怎样勾画小样……然后，在镀锌板上用铁笔按照图纸放大样，在铁台子上敲出成型的通风管道，最后，去安装。

记得那次安装，正赶上数九寒天，六七级大北风呼呼地刮，好像要把房顶掀起来。徐师傅对妻说："小边，你不用去了，因为今天的管道要安装在楼顶，要顺着车间外面10米高的铁梯子爬上去。我怕你害怕。""不成，跟师傅学徒，他做什么，我就得做什么。嗨，不就是一个爬楼吗，有什么害怕的，我就是想当这个英雄。"妻心想。虽然她嘴上坚决地说："我一点儿也不怕，您就让我去吧。"其实心里也有点儿忐忑。徐师傅后来拿她没有办法。于是，穿上当时厂里配给室外作业人员的工作服——一件带皮毛的大背心，学着师傅的样儿在腰间扎了一根草绳，妻背着工具和做好的通风管道出发了。大风刮在脸上刺骨地疼，铁梯子被冻得又硬又滑。她使劲儿地抓住梯子，眼睛不敢往下看，一步一步地跟着师傅往上爬，几次险些从梯子上滑脱，但她都稳稳地踩住了。终于他们爬上了楼顶，在大风肆虐中顺顺利利地安装完通风管道。这时她的身体都快冻僵了，但心里却暖烘烘的，因为妻真正地当了一回英雄。

## 接地气的日子好难忘

妻总说，605厂的这5年，是她人生中走向社会的第一站，给她留下很多宝贵的收藏。

虽然，"极左思潮"一直在主导人们的思想，但"上进、求真"仍是妻不变的理想，她在努力追求做个"好工人"。夏天她伴着烈日赶路，冬天披着星星上班；酷暑她挥汗如雨大干快上；腊月她迎风傲雪加班加点。黑色的机油花是她脸上的化妆，片片的白色汗碱是她身上的装扮。

她说，永远不会忘记那次"大干快上"的技术革新会战。他们各个部门协同作战，三天三夜吃在厂、住在厂，有病也硬挺着，革命的热情充斥着全身。终于，一根大型单晶硅出炉了！他们欢呼着，激动的心情无法形容，革新事迹被登在当时的《人民日报》上。这次的成功，让她悟到"人心齐，创奇迹"的道理，更看到工人阶级的豪气。

她还不会忘记那些乐而忘忧的生活。刚进厂时，他们都住在厂宿舍。每天下班后，是他们最快乐的时光：出板报，写文章；练唱歌，搞比赛；玩乐队，发挥特长；读书看报，聊思想……

但她也不会忘记快乐背后的困惑和感伤。一次，党支部负责人找她谈话，问"你的目标是什么?"她回答"当个好工人。"对方立刻严厉地批评她说："你的标准太低了!"此时的她明显地感到组织上的不满和对她接近"问题"老工人的不信任。她心里十分困惑：难道只应该说，争取入党?! 并只接近他们?

1974年的一天，副厂长突然找到她，满脸堆笑地说："把你借调到北京市一轻局啦!""真不可思议! 从分厂到局里，我一个名不见经传的小工人，又不是党员，连跃了好几级?! 不知是哪方'神圣'看上了我?（很长时间以后才得知，是总厂干部处一位下放到我们车间的干部，看我比较能写文章推荐的我）"她疑惑万分，但服从组织的需要，没两天就离开了605厂，开始走向社会的第二站——北京市一轻局宣传处理论组，从此以后再没回605厂。

## 第二部曲：妻的高考，妻的大学

### 身怀六甲进考场

1977年10月的一天，一位同事手举着报纸兴冲冲地边跑边说："恢复高考制度了，可以去考大学了!""真的吗?"妻抢过报纸，找到那条新闻，一字一句地一连看了好几遍。十年动乱中断了她的大学梦。今天机会终于来了，她跃跃欲试。

可高兴之余，马上又感到不安了。因为，此时的她，年龄已二十有八，且身怀有孕。"别说挺个肚子进考场让别人笑话，就是将来考上了，带孩子上学也够呛，可这又是千载难逢的好机会啊……"她不知道怎么办才好，立刻把这一想法告诉了我。我开导她："嗨，这次考学的，你们这个年龄段的肯定很多，人家命运都差不多，都能互相理解，谁会笑话你呢？再说，孩子的事，不是还有我吗！"我的一席话像沸水化开了冰块，立刻让她感到既温暖又踏实。由此，她抛开了原有的顾虑，向着高考的目标进发了。

复习功课准备考试，首先要有教材，但那场标为"文化"的革命把过去的教科书折腾得已所剩无几。我跑到正在执教的学校的图书馆借出紧缺的老课本。当那厚厚的一摞课本放到妻面前时，她热起来的心又冷了下来。毕竟时间间隔得太久了，知识丢失得也太多，况且，"文革"前她也只读到高一，"我能考上大学吗？"这时我看出了她的犹豫，突然我眼珠一转："时间久都忘了，对你这样，对别人不也是一样吗？'文革'前你只读到高一，我猜高考试题的范围，属于高二、高三的可能只占一小部分，只要你把初中和高一的课都复习好，我看，你准能考上！"想想我说的在理，她心悦诚服，也暗下决心得拼一场了。

他们这些考生大多数是在职人员，白天上班不敢偷闲，复习功课就只能安排在晚上。说不上是披星戴月，也尝到了备受煎熬的滋味。越来越笨的身体带给她的是极度的疲劳。每天拖着沉重的身体上班，下班还要强打精神复习，她硬挺着。因为，她知道命运之神在向她招手，怎能与它擦肩而过？她每天面对着那"书山"不停地攀登。夜深人静，她伴灯备考。这时，腹中胎儿似乎明白她的心，很乖，不踢也不闹，陪她度过紧张的日子。

在怀孕六个月时，妻步入了高考考场。那天时值冬日，多亏那件肥大的呢子外套遮住了她凸起的肚子，才没有引起周围人的注意。冬日的阳光洒在教室里暖暖的，坐在久违的课桌前，握起那沉甸甸的笔，她悄悄地对腹中胎儿说："妈妈来考大学了！"考后在我的陪同下，在众人惊异的眼神中，坦坦然然地体检完，但体检表上，医生却清清楚楚地注明：怀孕八个月。

坐月子期间，她苦苦地等待录取消息。当得知自己落榜的消息时，顿时感到如坠无底深渊，不知道没有被录取的原因，禁不住哭了起来。我忙递过手绢，说："再考呗，有了这次的经验，你就比别人有优势，下次你一定能考上。"她的心又被我搅动了，在我的鼓励下，又准备第二次冲刺。

但，这次的冲刺比第一次的情况复杂多了，有孩子了，我们双方的家庭也都帮不上忙，怎么办？情急之下，在月子的第30天，赶到一家有整托的幼儿园，向人家诉说我们的困难，求人家收下我们的孩子入整托。园长被感动了，破例在满员的情况下收下我们的儿子。休完56天产假，妻一上班，不满两个月的儿子就进园整托了。

这次的冲刺也比第一次的难度系数高多了，不仅我们的家庭负担重了，而且竞争对手也多了，考试要求也高了。妻整日里像上满弦的表，不停地跑。孩子那么小，又刚刚入托，会不会生病？每天下班后，妻都要跑到幼儿园去待上一会儿，复习功课只能在晚上。每到周日，我们要把儿子接回来，可是连陪着他玩儿的时候，妻手里还拿着书本儿。这半年，妻简直是使出浑身解数，争分夺秒，奋力备考。在烈日炎炎的一天，她又迈进了考场。这次终于如愿以偿了。1979年3月，她走进了日思夜想的大学，成为"恢复高考"后的第二届（78届）的大学生。

## 咬定青山不放松

映入妻眼帘的是怎样的一所学校啊？校舍面积很小，只有一座教学楼和两层跨院、一个不大的篮球场和行政办公用的一排平房。这就是当时从"文革"废墟上重新站立起来的教育现状——解决教育资源匮乏，动用中学校舍来办的大学——中国人民大学第二分校。它不仅是一所名牌大学的分校，专业课师资都来自该校本校，而且它又是一所走读学校，既解决了当时大学校舍的不足，又满足了像妻这样大年龄学员的学习需要。妻一点也不嫌弃它的简陋，而在"夺回失去的青春"的信念支持下，如饥似渴地吸吮着它所给予的知识的甘露，积蓄振翅高飞的力量。

该班同学来自各个行业，年龄差距大，妻在班上属于年纪最大的，也是唯一一个带孩子上学的。文化基础参差不齐，有高中的，也有初中的。虽然有这么多的不同与差距，但他们的目标是一致的，即在这四年里努力学习，求得真知。妻虽然年龄大，又有家庭负担，但她的标准并不低：绝不落在小年龄同学的后面，争取门门功课在班上领先。

妻的专业是哲学，基础课有高等数学，大一刚一开课，高等数学老师就告之：一周后要进行数学摸底。对他们这些文科生，考数学无疑是挑战，但妻决心尽力而为。在一周的时间里，她把初中到高一的数学全部看了一遍，还把重点题都做了。在这次数学摸底考试中，妻拿了个全班第一。这次的初试牛刀，不仅显示了她的学习实力，更重要的是树立了她学习的信心。

他们入学时，也是我国改革开放刚刚起步的时期，外语热风靡全国。学校很重视外语教育，他们的总体课程里面外语课所占的比重很大，而这些学生大多没有什么外语基础，即使有一点儿也早已丢光了，他们都得从 ABC 学起。记忆力差，是他们的难关。但妻相信："功夫不负有心人"，开始了艰难的跋涉。他们每天都有英语课，上课前她必定先预习，好跟得上老师的节奏；而老师的讲授及听、说、读、写争取当堂掌握；课下主要进一步巩固课上讲过的知识和预习下一课。这样，把学习的主动权牢牢地掌握在自己的手里，收到事半功倍的效果。

当时，我家住房仅有 8 平方米，隔音差。为保障学习效果，妻每天晚上要到离家很远的我单位办公室自习，10 点钟以后回家。到冬天，自习完顶着寒风骑车回家，常常一进家门，屋里冷得像冰窖。每每这时我们都得现生炉火，等到屋里暖和起来，已过午夜。

## 梅花香自苦寒来

如果说以上的情况是妻当时面临的主要困难，但我觉得，最大的困难莫过于既要学习，又要照顾孩子。

记得，一次周末下课后妻去幼儿园接孩子，三步并作两步地赶往幼儿园，车到站时她飞身下车，一下子摔倒在马路沿上，左腿迎面骨上磕裂出一条深深的大口子，血顿时就流出来了，她疼得站不起来。后来，一瘸一拐地赶到幼儿园，看到老师正领着儿子站在操场上等她呢，她又成了"末班的"。至今，腿上受伤的那个部位还留有一条深深的"沟壑"。

大学的四年里，孩子还真争气，很少得病。但是，偶尔生病，也让我们忙得团团转。一次，妻正在上课，幼儿园电话通知孩子病了。她丢下后面的课，赶到幼儿园。一进屋，只见孩子围着小被子坐在小床中间。原来，他拉肚子，弄脏了裤子，正光着小屁股端坐在痰盂上。我也被通知赶到幼儿园。我们赶紧抱孩子去医院，经检查，还好没什么大问题，我们把他接回家轮流照看。那时，我的工作也极忙，正单枪匹马创办一个部级刊物；而妻的课程也很紧张。但是，我们再紧张也要先放下学习和工作，面对病中小儿子，很无奈。

想起这段日子，总忘不了这样一个画面：那是一年春节假期刚过，残雪还覆盖着地面。儿子在我们的说服下，乖乖地随我们去幼儿园。走到幼儿园大门，感到有些异样，整个园里静悄悄的。老师看到我们时惊讶地说："到目前为止，你们可是今天第一个来园的呀！"老师看到我们的坚持，拉着儿子的小手朝空荡荡的园里走去。望着那小小的背影，妻的鼻子酸了。

四年大学的日子，儿子一直整托在外，他始终在帮助他的妈妈圆梦，我们也千方百计地寻找各种机会给予他更多的关爱。妻没有休过一个假期，因为趁着放假，我们要把儿子接回家照看，虽然很累，但可以天天和他在一起。四年里，"追梦"的过程充满了无奈、艰辛与苦涩，但妻也很愉快与充实。她徜徉在知识的海洋里，圆满地完成了学业，毕业论文《论普列汉诺夫的〈劳动创造了美〉》被评为优秀论文。她不仅收获了学问，还和同学结下深厚的友谊，儿子也健康地成长起来了。

妻的高考距离现在已有40多年了。这40多年里，我们的国家发生了翻天覆地的变化。历史告诉我们，40多年前的那次高考，不仅使数十万双手过早地被镰刀或机器打满了老茧的青年人圆了大学梦，挽救了教育的危机，而且对极左思潮和"以阶级斗争为纲"的政治路线进行了猛烈的冲击；不仅是影响深远的制度选择，更是解放思想的先声。我们从心底里感谢邓小平及当时的党中央，我们知道，是他们成就的制度选择帮妻圆了大学梦。

## 第三部曲：要飞得更高

### 鲜汤与苍蝇的启示

1983年9月，既是"老三届"，又是"新三级（77、78、79级大学生）"的妻，怀揣着新闻梦来到创刊才两个月的《中国教育报》工作，分在理论部当编辑。

　　板凳还没有焐热，她就和另一同事受命着手创办即将上马的《大学生专刊》。办给大学生的专刊是什么样儿的，他们没有现成的案例可循，对非新闻专业的妻来说更是两眼一抹黑，感到压力重重。但她坚信"路是人走出来的"。早她先来的部主任和她的搭档颇有些点子，他们马上在一起磋商，决定"紧急开渠"，即分头约稿，时间定为一周，妻的任务是走访北京的高校。一周里她走访了北大、清华、北航、地大、北工大等十几所高校，每到一校，除了约见学生处和团委会的老师外，重点约见学生，与他们沟通并约稿。当带着墨香的第一期《大学生专刊》如期问世时，他们像见到刚出生的婴儿一样兴奋与激动，妻也初尝到迎接第一次挑战后的喜悦。

　　如果说，创办《大学生专刊》奠定了她专刊策划、版面设计的基础，而贯彻始终的编稿、改稿及校对等工作则训练了她编辑的基本功，确立并坚定了她的编辑理念。开始时，受"重采轻编"思想的影响，她对编辑工作有些不屑一顾，甚至认为自己所学足能应付，以至有些稿件编辑得粗糙，一些硬伤竟然没能看出来。当时他们的部主任——一位北大中文系毕业的老大学生看出了她的浮躁，一次他说："如果我们的稿子有硬伤，就好比一锅鲜汤里掉进一只苍蝇，会毁掉整锅汤的。我们'以善小而为之'，就是'为他人做嫁衣裳'的编辑境界"。好形象的比喻，好深刻的教诲，让她警醒，让她领悟。此后，她一直铭记"鲜汤与苍蝇"的启示，一直以一百个小心来对待稿件和大样。就连她以前最讨厌的枯燥无味的字典，也被她天天携带着，随时翻看。她渐渐地养成了精心编稿的习惯，错误率愈来愈低，稿件质量不断提高。

## 在游泳中学会游泳

1986年，妻受命调到该报新成立的"成人教育部"当记者，开始了新的旅程。这是一个采访部，她喜欢采访完写出稿件见诸报端的感觉，决心要痛痛快快地干一场。

谁知第一次的采写经历就让她领教到它的难度。那是报道在人民大会堂举行的"全国首届自考生毕业典礼"。按照以前所掌握的一点新闻知识，会后妻及时地发上一篇600字的消息。但第二天见报时，这篇消息却变得面目全非，导语被总编室进行了全新的修改。开始时她感到不可思议，认为自己已经写得很好。但冷静下来，找到了差距：一是自己新闻写作技巧不够娴熟，延续了程式化的老套路；二是新闻敏感性不够强，即不善于发现最有新闻价值的"点"——亦即我们常说的"新闻眼"，并把它呈现出来。别看只是一个小豆腐块似的消息，却让她悟出：以前那点知识只是杯水车薪，自己要学的东西太多了。

怎么办？她请教部门主任——一位新闻经验丰富的中山大学新闻专业毕业的老大学生，你猜他怎么说："就一句话：'在游泳中学会游泳'。"他接着说："新闻采访就是实践的学问，没有捷径可走，要出好东西，就要腿勤、嘴勤、眼勤、脑勤、手勤"。"啊！我原来太自以为是了，也太急于求成了，我必须一步一个脚印地扎实地往前走。"妻悟出来了。于是，她利用部门让她"撒开了跑"的机会，不管是北京的还是外地的线索，各种任务都接受。那时，她几乎每周都有出差任务，每到一地都是紧锣密鼓地采访，稿子都是加班加点一气呵成。而对孩子，我们实在没有更多精力体贴入微地照顾了，只得让他脖子上挂个家门钥匙，放学回家自己点煤气热饭吃。一年里，妻参加过成人教育的各种会议，到过学校、企业、农村、部队，报道了成人教育的方方面面。不仅了解并熟悉了成人教育领域的形势及各项方针、政策，还磨炼了采访写作的基本功。从采写消息到写通讯、专访、见闻、记者来信等，题材由单一变成多样，虽然有些报道还显得稚嫩，但她得到了全面的提高。

　　一年后，命运之车驶入了快行道。因部门老主任生病休假，报社任命她这个助理接替主任的工作。她自知这是报社对她的信任，更深知自己"新闻龄"太短，业务功底不够深厚，管理经验也不足；况且，当时部门算上她一共才3个人，又赶上"全国成人教育大会"即将召开，既要全方位报道大会，又要完成一项崭新的任务——创办《成人教育专刊》。时间紧，任务重，她能胜任吗？她压力巨大，但老主任的话"在游泳中学会游泳"鼓励她前行。凭着一份使命感和一股不泯的热情，她咬牙接受，暗想：绝不让工作在她这里掉链子！于是她急中生智，在确定办刊宗旨和栏目设置后，携着部门两位同事，找到"最近的水源"，也是他们最依靠、最信赖的上级——教育部成人教育司，让他们帮助提供稿源线索。随后依据这些线索，又紧锣密鼓地开始约稿、编稿、画版等。在她奔赴烟台报道全国成教大会期间，第一期《成人教育专刊》诞生了。看着与会者津津乐道地读着该报一版上妻写的大会开幕报道和三版上第一期《成人教育专刊》时，她兴奋不已，充分体味到艰辛付出后终有所获的那种快感。

## 要飞得更高

1988年妻评上中级职称，职务随后也从助理正式升为部门副主任，但她前行的脚步从未停止，她要飞得更高。她已不满足于一般的报道，开始追求"头版头条"（会议消息除外的自采的新闻头条）。她深知，报纸的"头版头条"，是报纸的"重中之重"，是体现时代脉搏、社会要求、教育改革与发展的重大与重要新闻。但怎么追求到它？

1988年8月，凭着日积月累的新闻敏感性，带着追求"头版头条"的冲动，她冒着酷暑坐了6个多小时的长途汽车，来到河北衡水市采访清凉店镇农民文化技术学校。由于当时通信手段不发达，去之前未能联系上被访单位，没有人来接她。下了长途车后，当她背着大包步行50多分钟大汗淋漓地找到衡水市教委副主任张景瑞家时，着实让他大吃一惊："怎么不告诉我们一声？怎么就你一个人来了？"草草地吃完午饭，她坚持不午休，马不停蹄，坐在又高又旧倒轮闸式的自行车后座上，摇摇晃晃、颠上颠下地赶到教委办公室查看有关材料直至晚上。

月亮挂在天上时，她赶回驻地——一个防空工事改建的招待所。房间是那么地简陋：一张床、一张小桌、一个电扇。打开厕所的淋浴喷头想冲冲白天的臭汗，岂料都是凉水！不敢开窗，窗外矗立着一大片一人多高的杂草，四周黑漆漆、寂静无声，荒芜得令人恐惧。屋里不能开灯，否则蚊子会把你吃掉。她一头扎在闷热的蚊帐里，热得躺不下。坐在床上，望着窗外明亮的星空，心中漾起一股苦涩的甜蜜，憧憬着第二天的采访，坚定着追求"头版头条"的信念。

第二天在晨曦中，妻踏上了通往清凉店的路程。在土墙围起的小院里，她采访了热心教育的镇长；在一排红砖垒砌的教室里，她与朴实憨厚的农民学员座谈；在农民家的菜园里，她看到新技术应用后的成果；在农民们的脸上，她感受到他们致富后的喜悦。这次的采访，让她收获到自采的第一个"头版头条"——《架起致富的金桥》（曾获《中国教育报》年度好新闻三等奖）。从此以后她追求"头版头条"的热情一发不可收，头条也越写越好，不是被重点刊物转载，就是获奖。

如果说追求"头版头条"，成为她飞得更高的助推器，那么"体现深度"更是她飞得更高的标杆。以专业视角，深入研究问题；以记者独特眼光，客观评价事物。不是就事论事，是知其然，还要知其所以然，为读者解惑，为领导决策提供依据，故有"纵深感"。她不仅为新闻典型"鼓"，还为新闻事件"呼"。她把社会责任赋予到新闻报道中，采写的关注我国扫盲进度与问题的《扫盲大视野》（《中国教育报》好稿一等奖）、为民办教育正名的《全国社会力量办学纵横谈》（《新华文摘》转载，《中国教育报》好稿二等奖）、呼吁加强成人教育机构的《再说"拆庙送神"》（《中国教育报》好稿一等奖）、追访乱办学现象的《这所学校该不该解散》、剖析职教教学方式的《让羽翼更丰满》等报道，受到社会广泛关注和好评。

## 创新，让事业更出彩

1994年评上副高职称的妻受命担任该报职业教育部与成人教育部合并后的职教成教部主任。这是一个采编合一的部门，如何让工作再上新台阶？她思考并探索着。

不久，他们得知，有些企业出现"撤销职工教育机构、遣散职工教育工作人员、拍卖职工教育资产的'拆庙送神'现象"，造成了职工教育的滑坡。抓住这一"新闻眼"，她决定组织一场"战役性报道"。这是以前他们从未搞过的宣传形式，但创新的欲望让大家跃跃欲试。于是，他们的战役打响了。第一发"炮弹"是一篇记者来信，重点反映"职工教育当前出现'拆庙送神'"这种现象，呼吁全社会予以关注。第二发"炮弹"以北京市召开成人教育座谈会为由头，以记者透视的形式，写出了《"拆庙送神"的背后》，着重剖析这种现象产生的原因；再后是"一群炮弹"，以集中的火力，连续报道了《首钢人的"大学习"》等4个职工教育开展得有声有色的典型，说明职工教育大有希望，职工教育不能削弱。最后一发"炮弹"，是由妻执笔写出的《再说"拆庙送神"》这篇夹叙夹议的探索性文稿，不仅进一步剖析了现象背后的原因，更重要的是提出解决问题的方法和对策。这次为时半个月的宣传攻势，造成了一定的轰动效应。北京市要求把它当成当时成教工作者必学的材料，切实抓好职工教育；河北省组织有关的人员学习，并纠正工作出现的偏差；山东、湖南等地主管成教的同志来信来电说，在关键时候发表这组报道确为我们撑了腰，我们一定要强化职工教育。谢谢你们……

1999 年妻评上正高职称时，正在担任该报"高教职教成教专刊部"主任。这是一个 4 人块教育里已涵盖了 3 大块教育（还有一块是基础教育）的专刊部，版次多，种类也多，除了"高教、职教、成教"3 大块教育的专刊外，还包括"民办教育、民族教育、高教科技与产业"等版面。怎么让我们的专刊更有可读性？妻觉得，一定要克服专刊的"杂志化"倾向，真正地成为"新闻的延伸和补充"，就要在形式上求"短"、求"活"；内容上求"深"、求"新"。因此，在栏目设置上注重以内容带动形式，力争做到多样化和立体化。不仅设置了读者关心的重、难、热点问题栏目，如"大学校长访谈""民办教育焦点""特别观察"等，还设置了为读者服务的栏目，如"信息直通车"等；不仅设置了弘扬优秀典型的栏目，如"星汉灿烂""扫盲光荣榜"等，还设置了发表议论的"有话直说"等栏目。专刊内容丰富多彩，版式也多种多样，收到很好的宣传效果，多个版面被评为该报好专刊。

## 跨越新高度

2003 年妻到报社的新闻研究室审读中心（全国新闻出版总署设立在该报社的机构）工作时，被旁人称为"专家"，但她真不敢自诩，只是觉得当当审读员，质量上把把关还是能胜任的。谁料想，在这报社工作的最后一站，她遇到了平生难以跨越的高度，即要制定"全国教育教辅类报纸审读标准"，并每年要代表审读中心写出全国教育教辅类报纸的质量检查报告。啊！这任务的难度太大了！这个标准可不好制定，因为全国教育类报纸就有23家，教辅类报纸就有近60种，仅就教辅类报纸而言，有文科的，也有理科的；有综合的，也有专科的；有一报一刊的，也有一报多刊的；有大报形式的，也有小报形式的……五花八门，"美不胜收"啊！要能涵盖教育教辅类报纸的特点，这个标准需要很高的综合能力和很严格的专业水准；同时，制定出的这个标准要经得起推敲，上要经过全国新闻出版总署的同意，下要征得这些报纸的认可。从某种意义上说，它决定这些报纸的生死命运。因为依据它，专家们每年要给这些报纸打分，来决定它们的去留。好沉重的任务啊！妻觉得被压得有点喘不过气来。但还是责任感使然，她没有退缩，而是抱着拼一拼的态度，赤膊上阵了。

人在被"逼上梁山"时的能量会发挥到极致。她首先研究了新闻出版总署领导的有关讲话，把握了他们的精神实质；其次，浏览了这些报纸的内容及版面，总结出它们的共性；最后，调动她过去在编辑部业务上的所有积累，即审稿时的质量把关要求和担当各种业务评委所遵循的质量标准，再结合这些报纸的特点，制定出一个能较全面反映它们特点的客观、准确、专业的审读标准。这个标准包含了对"内容、版面及编校水准"3大块的审查，而每一大块又分解成若干子项，且每一子项都对应着相关的扣分标准。这个标准一出炉，就得到新闻出版总署领导的肯定，也得到教育教辅类报纸同行和审读专家的认可，他们认为此标准既全面又准确，既可行又可操作。随后几年的审读工作都遵循了它的导引，并开展得很顺利，妻也从中获得了经历拼搏而取胜的极大成就感。

25年的报旅跋涉，25年的人生体验；妻付出了很多，也收获很多。她感谢那一段岁月，更感谢启迪过并帮助过她的人。"夕阳无限好，只是近黄昏。"在我与妻步入人生的金秋之际，让我们沐浴在夕阳的光辉下，健康快乐地前行！

（与妻合作，2019年6月）

# 日本友人的尊师

那是几年前一个十分偶然的机会，我与日本放送大学的助教大塚秀高邂逅于京师。他身材修长，举止斯文，在白皙的面庞上架着一副黑边眼镜，加之他的思考多于谈吐，看起来比中国的儒生还儒生。

当他听完对我的介绍，立即显得异常兴奋，赶忙回忆起在北京大学进修中国古典文学的情形，说他们留学生班用的是我们编写的电大教材，又在广播里连续听过我的作品讲析课，而且印象很深。接着谦恭地说："您是我多日想见的老师，见到您真高兴……"宴席上大塚先生特意起立为我祝酒。他的目光令我再次体味到一片诚挚的尊师之情。

但我内心里并不敢接受大塚先生的这份情意。这倒不是因为我们当时的学术职称相当，而是因为他毕竟未曾做过我的学生，尊我为师岂非名不副实！所以只是将他的情意看作友人间的一种礼节而已。此后数年中，我们有几次著述的互赠，也纯属友人间的学术交流。我没有想过自己是他的老师。

可是最近一位大学同窗带来的消息却叫我愕然。他说：大塚先生在国际《金瓶梅》研讨会上与他相遇，特别提及我是他的老师，而且说得相当地认真。那同窗颇为纳闷："你几时教过大塚秀高呀？"看来，大塚先生的尊我为师并非出于礼节，而是发自内心的倾诉——至少他不以为认我这样一位不怎么知名的老师"跌份儿"，否则恐怕不会逢人便如是说。

惊叹与惭愧之余，我不禁想到以前教过的一位学生。她刚考入大学不久，在街上相遇就直呼起我的姓名。或许是为了表示某种亲热，或许是为了宣布她的成熟，但给我留下的则是难以名状的惆怅。多年师生关系的错位，比起"史无前例"中老师的斯文扫地来说，固然没啥堪忧之处，况且姓名乃个人之代号，岂有不让学生直呼之理。可是自己一旦"发达"，便忘了牙牙学语时，忘了"发达"之由，忘了不惜以毁灭自己来照亮他人的被称作"蜡烛"的人，未免多少沾点"过河拆桥"之嫌。

与大塚先生的情操相对照，令人悲哀的绝不仅仅是师道之不传。我们似乎不能把大塚的虚怀若谷简单理解为"涓滴之恩当涌泉相报"的个人修养。他的甘做小学生，其实并不能对我这个教书先生的"身价"有什么提高，但诚挚的尊师重教，实则是一种值得称赞的美德。

（载《希望导报》1994年3月15日，笔名之野）

# 痒的欺骗

一次乘地铁，刚找了个座位坐下，便见对面一位或许是患皮炎的人，在那里使劲儿挠痒不止。他这旁若无人的举动立即感染了周围的乘客，无不下意识地作出种种挠痒状。我于是也觉得痒虫在周身蠕动，似乎三年未曾洗过澡。

在日常生活中，常可见到诸如此类的现象，如见别人打嗝，自己也情不自禁地打起嗝子；见别人呕吐，自己的胃中竟也会酸水翻腾。这些现象，在心理学中也许能归纳到由情境施授的暗示一类，但就其已造成连锁反应的客观效果而论，大概又属于心理学上所说的认同作用了。当然，自己被别人同化的过程都是在无意识的情况下进行的。

可是，在现实生活中有意识被别人同化的现象也屡见不鲜。如前些年的盲目排队便是一例。无论处理清仓陈货，还是销售紧俏商品，以及定量供应传言要涨价的火柴、咸盐之类，但凡有一溜人在排队，瞬间便呼啦接上一条长龙，曲折回旋至街头巷尾，敷衍成熙来攘往的市井中颇带刺激性的一大景观。

其实许多排队者未必知道自己的真正需要，往往抢购回家一个新"仓库"，不须多时便嫌碍事或多余，又逼着自己一样样往外处理。

类似这等错觉与盲从虽造成精力和财力上的一些损失，但毕竟有限，且能从吸取教训中得到弥补；最可怕的是在社会潮流的裹挟下受到"痒的欺骗"，以致误读人生，陷入进退维谷的境地。别的暂且不谈，单就时尚的"文人下海"而论，不知诱发了多少有志之士的发财欲望，膨胀再膨胀，直至像气球爆炸般毁灭。听说某人弃文经商，办公司赚了大钱，便以为自己也能下得海来，一显身手。怎料财神爷并非对众多求拜者一视同仁，或许从来就是偏心眼儿，无论你何等虔诚，元宝照样滚不进你的口袋！这大概有一种不成道理的道理：都去赚钱了，谁的钱被赚呢？谁的钱都赚不来，赚钱者又何以长存？

此论并不是想给那些好梦难圆的人泼瓢凉水，也不是作阿Q式的自我宽慰。其实笔者又何尝不希冀自己的钱袋总是鼓鼓的？只是觉得财神爷未必青睐于己，故不敢轻举妄动。俗语常说"跟着感觉走"，那么重要的是找准自己的感觉，不要看见别人挠痒痒，便觉着自己周身也痒了起来，——要提防痒的欺骗啊！

（载《中国电大报》1994年9月23日，第4版，笔名之野）

# 石舫兮，归来

前不久，我陪同远道来京的亲戚畅游颐和园。步至石舫，正欲登楼饱赏昆明湖美景，不料却从楼门口下来一位服务人员，她拦住我们并指了指镌刻着"外宾服务部"的牌子。我们惊愕地退了下来，随之便听到了游园群众你一言、我一语的愤激之词：

"中国人的古迹不让中国人看，岂有此理！"

……

听到这些怨言，我和在场的许多人一样，心情沉重起来。

记得我还是少先队员的时候，就同这座构思奇特、建造精美的古舟结下不解之缘。每次游园，总要登上去玩个痛快。有位著名外国诗人来华访问时曾游览颐和园，并在石舫前凭吊良久，赋诗曰："全中国的帆都充满了风，唯有它永远不动！"于深沉慨叹中流露出对华夏历史的真切关注。石舫，既是颐和园中难得的艺术珍品，又是很好的历史教材，何必非要把它辟为只许外宾游览而中国人不许入内的"特区"呢？

　　当然，一些名胜古迹和游览胜地适当地设置一些供外宾游览、就餐的专点并不是不可以的。这也是发展我国旅游事业、增加外汇收入的一个重要手段。但是，绝不可把群众十分向往的、名扬中外的观赏地点随意"剽夺""强占"。这不仅有损于中国人民的民族自尊心，也于情理上不合。偌大的颐和园，就这样一个令人瞩目的石舫，每天千万个游人无不欲登楼一览，为什么我们偏偏要干出背逆人民心愿的事呢？

　　石舫兮，归来！

# 学历与学力

　　世人看重学历而忽视学力之陋习相传久矣！

　　或许有人说："学历岂不就是学力么？"其实不然。所谓学历，指的是曾在何种培养层次的学校肄业或毕业；而学力则是指学问的功夫和造诣，即在学识上已达到的程度。

　　学历与学力之间，尽管有某种间接的联系，但即便是常情之下，二者也不存在绝对的正比例关系。前些年有的博士生导师却并非博士学历便是明证。古今中外无数名人的经历告诉我们，一个人学历的高低并不一定反映出他学力的深浅。之所以如此，是因学历必须通过考试而取得，这虽然能局部地衡量一个人的知识水平，但也同一个人的机遇、应考能力紧密相连。加之考试本身有很强的知识限定性，而传统教师又难以回避以机械背记为主要检测内容，这就无法科学地衡量出每个考生的学力情况。

　　那么，为什么人们又看重学历而忽视学力呢？回答并不难：一来学历实惠，二来以学历估人，既简单又省劲儿，何乐而不为？难怪范成大诗云："学力根深方蒂固，功名水到自渠成。"便将学历与学力等而观之。这位宋代诗人大概忘记了众多科场失意的才子和状元中的平庸之辈。这个误会自科举以来闹了近千年，至今还有人信奉文凭的权威呢！

当然，从迷信中醒来的人也不在少数。据说许多发达国家的职工履历表，不仅要填学历、工作经历，而且要填所有的专长和发明创造，甚至详细到自己所在的某个单位用何种办法使那里的生产效益有何改观。这样细的部分恰恰是用人的主要依据。我国的一些单位也开始在用人时既看文凭又不看文凭，重在实际能力的考核。这明智之举确实值得为之欢呼。人们对学力的重视终将取代对学历的重视。

目前一些人对文凭的争取是可以理解的，问题是怎样争取和争取来做什么。如果仅仅是为牟取个人利益的需要孜孜以求一纸文凭，其学习动力必定不能持久，常常患得患失，遇难而退，舍不得付出艰巨劳动。这样，他们的主要精力将不用于增强学力，而是自觉不自觉地花费到迎合考试、应付考试、猜题押题上面。有的人甚至在利己主义与庸俗关系学的驱使下，做出许多投机取巧、弄虚作假的名堂来。其恶果是文凭到手，知识全丢，使自己变成一个学力甚浅的庸才。

反之，由严肃的历史使命感激起的学习热望，将化为巨大的经久不衰的进取精神。这里需要的是：有意识地把争取反映学历的文凭，仅仅作为增长自己学历的一种手段，时时刻刻不为眼前利益所驱使，尽可能广泛地汲取知识，特别是扎扎实实地学好基础知识，为探索真理和科学奥秘锲而不舍，肯下苦功。朱德熙先生在《悼念王力师》一文中说得好："我常想，在学术上做出了成绩的人，大都有点童心，有点傻劲。重功利的人在别的事业上可以有成就，在学术领域里恐怕不行。"多么可贵的"童心"和"傻劲"啊！靠这"童心"和"傻劲"换来的，自然不仅仅是一张文凭，而是建设"四化"所需要的真才实学！

"取法乎上仅得其中，取法乎中仅得其下。"此话差不离，不信，请君一试。

（载《中国电大教育》月刊，1986年第6期（总第6期）1986年6月28日出版，笔名肇言）

# 画蛋的启示

前些年有道高考作文题曰《读〈画蛋〉有感》，题附那篇不足四百字的短文《画蛋》，至今读来仍觉新鲜，令人警醒。

画蛋，一天天在不停地画蛋，——那些形体上乍看去相差无几的禽蛋，竟成百上千次地画个没完！这种既简单又单调的"重复劳动"，不过于索然无味了吗？是的，它绝不比许多创造性的构思更能唤起人们的热情。然而，欧洲文艺复兴时期意大利的伟大画家达·芬奇，正是从这里起步，逐渐观察出千百只蛋在形体上的细微差异，练就了手眼一致的硬功夫，进而为创作《最后的晚餐》《蒙娜丽莎》等传世名画奠定了坚实的基础。达·芬奇成功的奥秘，给我们揭示了一个真理：基础是成就未来事业的前提！

《荀子·劝学篇》："不积跬步，无以至千里；不积小流，无以成江海。"纵览古往今来各行各业但凡有成就者，莫不经历了一个打基础和积累知识的阶段。这个阶段，因各人天赋和努力不同而长短不等；但正如只有学会了走步才有可能跑步一样，任何人也都是无法逾越的。这阶段里所打基础的厚实程度，往往是同未来创造成果的大小成正比例的。当然，这阶段离事业的成功还有一段漫长的历程。有的人基础打得不错，但由于客观上和主观上的种种原因，并未对社会做出什么创造性贡献，那又另当别论了。

我们之所以说基础是成就未来事业的前提，是因为人们对事物的认识，总是按着由小及大、由浅入深、由简单到复杂、由低级到高级的规律螺旋形上升的。天赋的聪明才智，离开了最基础的知识和最基本的技能技巧，则如无水之鱼、无镞之箭，难以得到发展和发挥。而任何一门学问，都有其自身的规律性和知识的连续性，都有我们开始认识它的"起点"，只有循此入门，方可步步深造，熟能生巧。俗语说："功到自然成。"对某一领域内的知识积累多了，运用自如了，便自然会渐渐悟出它的道道来，发生质的飞跃，迸出创造的火花。

可是，达·芬奇画蛋的故事所揭示的真理有许多人并不明白，表现为教和学中的一些盲目行动。他们为名家的成功所迷惑，却不去深究其成功的奥秘；他们记住了名家接近成功前的那惊天动地的"一跃"，却忽略了名家以"画蛋"开始的一段艰苦卓绝的历程。对于这段历程，或则不屑一顾，绕弯避开，连起码的概念、定义尚未弄懂，就试图来个什么"猜想"，什么"突破"，什么"学说"；或则只顾讨巧，专寻捷径，不耐心去做那些看似很不像样的基础小练习，却热衷于什么偏题、难题、"大块块"。总之，想一步跨过不应该也不可跨过的"基础台阶"，到头来必然是劳而无功，事与愿违。当然，也还有些略知"画蛋"奥秘的人，只因吃不得苦，浅尝辄止，仍难以体味到"画蛋"的真趣。

　　大概是一位名人讲过："即使是最蠢笨的母亲，也会先教孩子走路，而后才教他跑步的。"达·芬奇的老师佛罗基奥可就比这样的母亲高明多了。他不仅一开始就让学生以画蛋练起，而且当学生感到不耐烦的时候，能循循善诱，喻之以理，终于使这位未来伟大的画家坚持下来，迅速得到长进。佛罗基奥堪称教育者的楷模。当今世界科学技术急剧发展，新知识迅猛增长，各学科间的相互渗透日益显著。可以想见，为实现祖国的现代化，对未来人才应具备的基础知识的要求，要比达·芬奇的时代深广得多。因此，像佛罗基奥那样引导好学生从最基础的练习做起，认真画好各式各样的"蛋"，无疑是具有重要意义的。


　　（载《中国电大报》1994年11月1日第4版，笔名之野；又载《现代教育论集》北京大学出版社）

# 平等和谐的爱与教

## ——美国电视连续剧《我们的家》观后感

在当今千千万万家庭里，家长与孩子之间有两种相当普遍的失衡现象，引起了社会的关注与忧虑。一是"唯幼独尊"，所有长辈都围着孩子转，惯成了孩子的许多坏毛病；二是"唯长独尊"，父母寓教于打骂，因恨铁不成钢而不惜扼杀孩子的天性，甚至演出众所周知的一幕幕悲剧。这两种失衡现象都缘于爱不得法，反映出家庭关系中长幼之间重心的倾斜。令人懊丧的是，它们的结果都有悖于家长爱与教的初衷。

那么，家长与孩子之间应该有怎样的关系呢？美国电视连续剧《我们的家》称得上是一部生动的教材。格斯一家，祖孙三代，每个成员都有自己特殊的生活领域，都有自己鲜明的个性，也都有各自的爱好和追求，因而家庭中难免产生这样那样的矛盾，特别是格斯及其儿媳洁西，在共同教育、引导孩子们成长的过程中，更是与小字辈冲突迭起。然而，每个成员都在家庭里找到了自己应有的位置，彼此间平等相处，犹如真诚的朋友，相互关心，相互爱护，相互帮助，使整个家庭充满了积极向上而又亲热和谐的氛围。这也许正是这部电视剧特殊魅力之所在。

观众大概不会忘记电视剧中一些出人意料的插曲：戴维在放学回家途中挨了一顿臭揍，竟是为了帮助爷爷与一位见义勇为的卖酒女郎约会；洁西新近认识了一位驾驶飞机的男友，三个孩子和爷爷竟主动当上参谋，共同侦查、分析这位不速之客的思想品质……这些让人不可思议的情节，真所谓隐私而不隐，禁区而不禁，恰恰说明彼此的坦诚、尊重与理解，正是支撑格斯家庭平等关系的坚固基础。

值得注意的是，这个基础恰恰也是赋予家长疼爱、教育子女之法的智慧之源。

你看：格斯既支持大孙女克丽丝与同学们去外地参加音乐会，又担心他们在旅途中发生越轨行为，于是，他精心设计和兑现了留宿家中、驾车护送等安排。

谁知事不凑巧，途中车轮轧伤了一只浣熊。格斯因势利导，以实际行动对孩子们进行保护野生动物的教育，并说服他们改变旅行计划。归途中又给他们大声播放音乐会将要演唱的歌曲，作为未能参加音乐会的补偿。格斯处处从理解、尊重孩子们的正当要求出发，又注意争取孩子们能理解和尊重自己的意见。结果，克丽丝的同学们都喜欢上了这位看似碍手碍脚的怪老头儿。克丽丝也更加感受到爷爷的厚爱。

电视剧中类似的例子举不胜举，无不给人以许多启发。教育是为了塑造，而要塑造就免不了教育者与被教育者的交流。我们一些家庭教育的失败，每每在于事事从主观愿望出发，并把意图强加于被教育者。这样的教育不仅淹没了孩子的个性，而且也淹没了孩子的天性，只能塑造标准化的样板，却塑造不出活生生的人。与此相对的另一个极端是放任自流，取消了教育，自然也就无所谓塑造。《我们的家》在充分尊重个性、顺其天性的前提下，渗透正面教育、行为教育，以相互的促进冲破长幼间的心理壁垒，达到感情与理性的沟通与交融，从而较完美地处理好了家庭中爱与教的辩证关系。显然，它对于我们今天纠正家庭教育中的偏颇是有借鉴意义的。

（载《中国教育报》1989年4月11日）

# 王力：承先启后的汉语言学大师

著名的汉语言学家、北京大学教授王力，在半个多世纪里，以饱满的治学热忱和惊人的毅力，深入探讨了语言学的许多方面，开拓了新的研究领域，初步建立起汉语言学研究的科学体系。当我们怀着敬意，浏览王力教授已发表的1000万字的40种专著和140篇论文的目录，不由得想到他富有创造性的研究成果、科学的研究方法和严谨的治学态度。

## 早年的志趣

1900年8月10日，王先生诞生在广西博白县岐山坡村一个秀才家里。因家境寒微，刚念完私塾，便"失学十年"，只好利用做家庭教师和小学教员的机会，自修功课，博览群书。他在教学中接触到汉语语法的一些问题，曾试图研究，但当时对他最具有吸引力的，却是当个文学家。由于受父亲王炳炎的熏染，他的文学功底是很深的。24岁那年，在师友的鼓励和

资助下，王先生进入南方大学。他是全校3个最有文才的学生
之一。他创作旧体诗，写过小说，还发表了不少小品；可是，
不久又酷爱起哲学来，并出版了专著《老子研究》。在这期
间，转而借鉴英语语法来对比研究《马氏文通》，决心在汉语
语法研究方面另辟一条新路。26岁时，他考入北京清华大学
国学研究院深造，所选论文题目即为《中国古文法》。在这
里，指导教师梁启超、王国维、赵元任、陈寅恪等著名学者的
治学精神，都给他以深刻影响。当时梁启超先生曾给王力的那
篇论文以"卓越千古，推倒一时"的好评，而赵元任先生却持
基本否定的态度，批道："说'有'易，说'无'难。"这6个
字成了王先生一生的座右铭，自认为这是"消极地不奖励我走
上'蔽'的道路"，并对论文的致命弱点进行了尖锐的解剖。
正是经赵先生的正确指点，王先生于1927年冬赴巴黎大学拜
师格拉奈，研究实验语音学。旅法4年，对王先生的学习毅力
是一次严峻的考验。除了经济窘迫之外，语言不通是个大难
关。他迁居法国人住地，在日常生活中处处留意学习法语，仅
半年时间，不但能说一口流利的法语，而且可以娴熟地翻译法
国文学作品，致使国内的导师都为之惊讶。为了贴补生活用
费，于是开始了学余从事法兰西文学翻译的生涯。译稿寄到商
务印书馆，叶圣陶先生审后写道："信、达二字，钧不敢言；
雅之一字，实无遗憾。"王先生就是在这边译书、边求学的艰
难条件下，翻译出版了20余部西欧的文艺作品，出色地完成
了学业，牢固掌握了语言学方面的现代理论。1932年，他以
《博白方音实验录》的论文，获得法国文学博士学位，从此成

为一名语言学专家。

王先生回国后，先后在清华大学、西南联大、中山大学、岭南大学、北京大学执教。他边教学、边研究，结合教学搞科研，以其杰出的贡献，赢得了人民的尊敬和国际学者的赞誉。

## 建立汉语言学的科学体系

有人称王力教授为"语言学界的建筑师"，说他在建造"语言学的大厦"。这并非过誉之词。他所研究的汉语言学许多方面，不仅承先启后，具有拓荒或奠基的意义，而且从总体上构成了一个完整的科学体系。

王先生曾说："科学的研究必须探讨事物的本质，也就是每一事物的特点，如果对于事物的本质和特点不加以研究，也就不能成为科学的研究。"他研究汉语的一个最显著的特色，是努力去探讨汉语自己所具有的本质特征，并对之加以全面而科学的阐明。这在语法研究方面最为突出。王先生将自己对汉语语法的研究分为"妄""蔽""疑""悟"4个时期。在他之前，马建忠借鉴拉丁文的间架，引以先秦至韩愈的语言文学，著成《马氏文通》。由于汉语与拉丁语系差距甚大，比附之处屡见不鲜。新文学运动时代，不少学者已纷纷指出它的弊端。当王先生的语法研究进入"悟"的时期，1936年和1937年，发表了《中国文法学初探》与《中国文法中的系词》两篇著名论文，主张要根据汉语的语言实际，研究探讨汉语语法自身的规律和特点，提出了许多新的观点和概念。1943年和1945年，王先生

《中国现代语法》与《中国语法理论》两部专著相继出版。专著采用普通语言学的现代理论，以《红楼梦》和《儿女英雄传》的口语为实例，深入探索汉语语汇的内在规律，有很多创见。如把简单句分成叙述句、描写句、判断句3种，独到地论证了真正的判断词是到东汉才产生的；又提出了使成式、处置式、被动式、递系式等汉语特有句式的名称和理论。朱自清先生曾高度评价作者为汉语语法"建筑起新的家屋。他的规模大，而且是整个儿的"。后来，王先生又写了《中国语法纲要》。这3部书里阐明了作者完整的科学的语法体系。

中国传统的音韵学一向被视为神秘莫测的"绝学"，王先生做了许多拨乱反正的研究。对于汉语古音，他发展了"上古无去声"的说法，认为音调不仅与音高，而且也同音长有关，因此可将上古的入声分为长入和短入，后来的去声就是从长入发展而来的。对于上中音，他批判了黄侃的循环论证，强调中古音是对上古音的发展，提出了独到的见解。他的《汉语音韵学》（即《中国音韵学》）是我国第一部用科学方法解释、研究汉语语音的巨著。书中运用现代语音学的原理，深入浅出地叙述了传统的今音学、古音学和等韵学，系统阐明了汉语语音发展变化的内部规律，第一次打破了"绝学"的枷锁，把音韵学从玄虚幽渺中解放出来，将对它的研究引上了正轨。

对汉语词汇的研究，至今仍是一个薄弱环节，章炳麟的《文始》引了一个方向，但该书错误颇多。瑞典的高本汉虽也有不少论述，终因不精汉语，每每不能触及要害。王先生在《新训诂学》《古语的死亡、残留和转生》《新字义的产生》《理想的字典》等论文中，分析研究了词义的发展和演变，提出了用历史观念研究词义的正确见解。在《关于词类的划分》和《汉语实词的分类》等论文里，进一步提出了词类划分的原则和3条标准，即概念标准、句法标准以及形态标准。王先生的新著《同源字典》，严格遵循同源字必须是双声叠韵、必须有训诂根据的原则，以音为纲，把同源字排在一个音部下面加以解释。这部著作，是王先生词汇学理论的最新实践，对汉语史、词汇学的研究，以及词典的编纂都将产生深远影响。

1956年，王先生为了教学的需要，开始研究汉语史。两年后，出版了我国第一部《汉语史稿》。在这部开创性的著作里，把汉语的语音系统、语法结构和词汇文字作为一个整体加以研究，对其相互关系和内部规律作了深刻的阐述。它标志着王先生从汉语的分类研究跨入综合研究的新的历史阶段。60年代初，王先生主编了全国高等院校文科教材《古代汉语》。它采用文选、常用词和通论相结合的新体系，为古代汉语的教学开辟了一条新路。

王先生还对我国古今诗词的格律和语言特点进行了深入的探讨，写出了我国第一部从语言角度研究文体特点的理论著作《汉语诗律学》。此外，他对我国文字改革、推广普通话等方面也有不少建树。国外的报刊上说："王力先生是近百年来中国最大的语言学家。"纵观半个多世纪来王力教授在理论和实践上的卓越贡献，这评价是不无道理的。

## "观全"而后能登高

王力教授之所以能在学术上取得如此巨大的成就，除了个人的天赋和勤奋之外，还有别的什么因素呢？他谦虚地答道："搞科学研究就得用一副科学的头脑去思索，别的都是其次。"所谓科学的头脑，主要是指要有一套严谨的、科学的治学方法。他曾这样总结自己语法研究"悟"的时期："我开始觉悟到空谈无补于实际，语法的规律必须从客观的语法归纳出来的，而且随时随地的观察还不够，必须以一定范围的资料为分析的根据，再随时随地加以补充，然后能观其全。"这里，"观其全"是他深入研究的基础。"观其全"才能看得真，抓得实，抽出规律，使其系统化，从而跨入别人难以企及的高度。

要做到"观全"，首先须从实际调查入手，充分占有材料，并对它进行缜密的科学分析。王先生的每个立论，都以充分的材料为依据。大的方面姑且不说，有时为考证一个字的意义，就得查阅几部乃至十几部书籍。如有一部书将《左传·庄公十年》里"又何间焉"的"间"字，解释为"补充或纠正"。王先生经过仔细统计后指出，《左传》用"间"共81处，其他80处都无此含义，甚至先秦两汉的其他古书的"间"字也不当"补充、纠正"讲，因此那部书的解释显然是错误的（按：此处的"间"应作"参与"讲）。为了严格区分语言方面的本质特点和非本质特点，王先生从实践中对语言现象里通例和例外、经常性用法和临时性的用法等等，都有一套科学的处理办法。如他补充古人"例不十，法不立"的规定，提出"例外不十，法不破"。又说："个别的例外，绝不能破坏一般的规律。"这些，又都离不开详尽地占有材料。王先生曾说："中国语法学者需有两种修养：第一是中国语言学史；第二是普通语言学。缺一不可。"他正是兼有这两种修养在，善于对纷纭复杂的语言材料进行分析、综合、归纳、演绎，才概括出汉语所固有的规律和本质特点来的。

要能"观全"，还须注意语言学科和其他学科的联系，做到既"博"又"约"。卢梭说过："虽然人的智力不能把所有的学问都掌握，而只能选择一门，但如果对其他科学一窍不通，那他对所研究的那门学问也就往往不会有透彻的了解。"王先生的涉猎是极其广泛的，他特别注意增强自己在文学方面的修养，认为不懂得文学，就不可能真正了解语言的规律，因为文学作品中最先记录了当时丰富的、具有生命力的口语，往往能反映出语言的流变过程；而如果不懂得文学的特点和规律，就无以对文学作品中的口语加以研究。王先生还十分注重学习汉语以外的语言，他虽已掌握了法、英、俄、越等外语，以及数种少数民族语言和地方方言，但如今仍孜孜不倦地学习日语。他认为这些语言和汉语互有联系和影响，可以在研究汉语时比较和借鉴。他的《汉越语研究》，以及同钱逊合著的《白沙黎语初探》，都对汉语借词研究提出了精当的论点。他对汉字改革和汉语规范化的许多主张，又显然得助于对拉丁语系与我国方言的研究。此外，王先生常以"我一辈子吃亏就是不懂数、理、化"为训，提倡搞语言的要学点自然科学。他说："话说出口是物理现象，语言构成发音是生理现象，将发未发之时又是心理现象，——不懂自然科学是研究不好语言的。"他还认为，学理科，特别是学数学，能训练人的头脑，锻炼逻辑思维，对搞任何学科的研究都是有帮助的。

要想"观其全"，得用发展的眼光看问题，通过不断地实践，不断地总结，对自己的旧说不断加以补充或否定，并提出新的见解。这是王先生一个重要的治学方法。他早年在研究汉语语法时，曾采用过叶斯柏森的"三品说"，经实践证明它是错误的，便弃之如土，另立新说。又如他在《中国语法理论》中，曾认为"实词的分类，当以概念的种类为根据"，后来修订此书时，则对这个观点进行了较大的修正和补充。王先生经常博采他人之长，甚至根据自己研究生的论文来纠正旧说里的偏颇。但是，如果被实践检验为正确的观点，尽管众说纷纭，王先生又是坚持不变的。如远在30年代，王先生就著文反对双声叠韵的滥用。他说："如果只讲双声，不讲叠韵，则'红'可以为'黄'；如果只讲叠韵，不讲双声，则'旦'可以为'晚'。"最近，他声明说："今天我这个观点不变。我认为同源字必须是双声叠韵。"这种实事求是的科学态度，使王力教授的许多学说能经受住时代的考验。

## "龙虫并雕"的风格

王力教授把自己的书斋命名为"龙虫并雕斋"，并出版了《龙虫并雕斋琐语》和《龙虫并雕斋文集》。在这里，"龙"，指的是有分量的大部头著作；"虫"，指的是深入浅出的普及读物。"龙"与"虫"并雕，提高与普及并重，突出地反映了王先生多年治学与教学的群众观点，以及可敬可赞的"王力风格"。例如，王先生写了一部近30万字的《汉语音韵学》，为方便读者掌握要领，又写了10万字的《汉语音韵》和3万字的《音韵学初步》出版。作者另一部长达60万字的巨著《汉语诗律学》，也与《诗词格律》《诗词格律十讲》配套为大、中、小型3种同读者见面。为了推进汉语规范化的工作，王先生可以挤出雕"龙"的功夫撰写《江浙人怎样学习普通话》《广东人怎样学习普通话》这样的小册子，甚至不惜精力，主动给报社投寄短文，教导青年们怎样写信。像这类为某些名家不屑一顾的"雕虫小技"，王先生却是一丝不苟，乐而为之。他在《音韵学初步》的序文中写道："音韵学一向被人认为是'天书'，看不懂。我能不能把它写得浅近一些呢？"又在《汉语音韵》的小引里说道："我们力求把汉语音韵学讲得浅显一些，同时也不因为浅显而损害它的科学性。希望这本小书能沟通古今，使读者对汉语音韵学能够得到比较全面的基础知识。"是的，科学观点与群众观点相结合，首先考虑到读者的实际需要，这便是王先生许多著述的出发点，也是他崇高思想境界在治学上的生动体现。

王力教授的雕"虫"精神，也贯穿在他从事多年的教学工作中。他总是用通俗易懂的语言，把自己的许多新见解和语言学的基础知识传授给学生，有时还亲自上辅导课，耐心帮助后学者起步。他传知识、传作风，也传治学方法、治学态度。

年逾80的王力教授虽已著作等身、桃李满天下，但他丝毫没有自满之意。他拟在完成100万字的《汉语史稿》的修订之后，即着手修订《中国语言学史》，撰写《清代古音字》等新作。"老骥伏枥"，"壮心不已"，这两句古诗不正是王先生的精神风貌的生动写照吗！

（载《百科知识》1982年第12期，笔名侯声，此文与李福芝合作）

# 香江走笔

## 保护美与塑造美

在香港回归祖国怀抱的前夕，笔者有幸再次踏上了这块美丽的土地。

同两年前相比，这里又长大了许多，长高了许多，也紧凑了许多。当我们乘车穿过上月才开通的西区海底隧道，再驶经目前世界上最长的跨海大桥——由中国人自己设计建造、刚竣工不久的青马大桥，沿着海边新铺的高速公路飞驰，直抵大屿山新机场工地时，心中被奇迹般的变化所震撼，不禁对港人移山填海的胆识顿生敬意。当我们登上香港山顶不久前落成的船形建筑物——凌霄阁，俯瞰维多利亚港旖旎如画的风光，或是坐在铜锣湾合和大厦的旋转餐厅里，远眺拔山而起的一片片明丽夺目的新楼群，又不禁浮想联翩，为港人开山造厦的宏伟创造力所感奋。

然而，最令笔者沉醉的，还是这颗东方之珠仍然保持着绿色的、整洁的和静谧的本色。

香港的山是绿的，水是绿的，鳞次栉比的各种建筑物也被绿色植物包围着。这里的陆地上几乎见不到泥土，除了街道和建筑物，便是青翠欲滴的草木，大、小叶榕树，紫荆树，凤凰树举目可见，各领风骚。我们在天星码头附近的路旁见到一株古老的大榕树，其茂密的枝叶垂若伞状，覆盖五六十平方米，着实惹人喜爱。笔者发现，大榕树周围高耸的建筑物，均避开树冠七八米之遥，以留给它一块自由生长的空间。这在寸土寸金的香港，是件多么不容易的事！笔者注意到，山上新建楼房的施工，均在极小范围的全封闭中进行，其附近既听不见噪音轰响，也见不到尘土飞扬，那工地被郁郁葱葱簇拥着，像是万绿丛中的一幅小景。这些似乎都遵循着建设毋须破坏、塑造美毋须糟蹋美的原则。

更令人惊讶的是，尽管香港街道纵横交错，既窄且陡，来往车辆川流不息，又无路警指挥疏导，却不仅见不到堵车现象，同时也听不到喇叭的鸣叫和人声的喧哗。好几次笔者乘车途经香港中文大学校园和显达乡村别墅前的陡坡，感觉到对面有车开来，唯恐两车相撞，但两车司机都未按喇叭，停车让对方先行。这种保护环境的自觉意识，已渗透到香港社会生活的方方面面。如草木护栏上虽无"请勿攀折、践踏"的挂牌，马路边亦无"随地吐痰、乱扔污物罚款X元"的警示，但没有一个人违反公德去破坏美好的环境。而社会又为人们保护环境创造了许多方便条件，如众多管理先进的停车场、公共场所的洗手间（备有洗手池、洗涤剂、烘手机、卫生纸）一律免费提供使用，等等。这些又似乎遵循着创造美与爱护美、保持美相统一的原则。

应该指出，港人在保护环境的同时，也显示出利用环境、美化环境的高超技能，表现出既保护美也塑造美的强烈意识。笔者见到，香港大学有的宿舍楼在结构上为高低两部分组合，以显示错落美；而在矮的那截楼房顶上则建有室外游泳池，池水犹如一面明镜倒映着周围建筑物及天空的美景，可谓巧夺天工。在香港大学美术博物馆前的坡面草丛中，艺术家刻意放置数尊大小不同、形态各异的青蛙石雕，以体现人与大自然的亲近，想象力相当丰富。至于依山傍海的香港中文大学，其校园可以说就是一座颇具特色的天然花园。笔者作为该校《中国文学古典精华》的编纂委员之一，最近被邀赴港参加学校有关活动，开始下榻在校园的昆栋楼。宿舍的窗户将墙面拦腰截断，正对着海湾，海的那边是形似马鞍的山岭，山下则如积木般耸立着一排排现代化楼房，海面不时游来几艘船只。清晨五时许，当笔者从兴奋中醒来时，只见平静的海面上挂着一轮剪纸般的红日，其光影犹如一串长长的金链，自天而降，直悬到青碧的海底。此刻，周围的建筑物和浓淡分明的远山，都被笼罩在这神圣而静穆的氛围中。我想，这就是香港！

（载《中国教育报》1997年6月12日第4版）

## 回归情系港人心

在五月的晴空里,一架"空中客车"正由北京飞往香港。彬彬有礼的空姐送完饮料后,又忙着向乘客一一赠送礼品。我打开包装一看,原来是一支漂亮的钢笔,黑色笔管上清晰地印着"97香港回归留念"几个金色的字样。没料到迎庆回归如此深入广泛,而我们此次的赴港参与,竟是在离地面一万多米的高空拉开了序幕。惊喜之余,禁不住把玩良久,才将它珍藏起来。

早在两年多前,香港中文大学客座教授杜祖贻先生发起组织内地、香港和台湾三方面的学者共同编撰《中国文学古典精华》教材,以弘扬民族文化和精神,向香港回归献礼。此举立即得到中文大学校方的大力支持和三方学者的积极响应,并得到香港圆玄学院赵镇东、汤国华等先生的慷慨赞助。经数十名学者两年多来的辛勤耕耘和通力合作,终于赶在回归前夕迎来了收获季节。当我们应邀出席中大与香港商务印书馆联合召开的出版招待会与学术研讨会,会上会下畅谈回归后开展古典文化教育的现实意义时,笔者心中很不平静。

其实,在香港逗留期间,我们一直沉浸在港人迎接回归的氛围里。这里的各种传媒,几乎都在以头条新闻抢先报道迎回归的最新消息。在大街上,在校园里,在其他许多公共场所,我们随处能看到种种生动的回归宣传品。在各大百货公司,还能买到各式各样回归纪念品,如纪念杯、纪念表、T恤衫、打火机等。笔者经过中环广场的豪华西窗，发现制作精美的香港会议展览中心的艺术造型放在突出位置。当笔者在渡轮上为这座将举行政权移交大典、正在进行最后装饰的新建筑拍照时，乘客们都十分理解地笑着给我让地方，并说他们港人也很喜欢这座富有历史意义和独特风格的建筑。

笔者注意到，经历了百余年沧桑的港人对回归充满了深挚的感悟和热切的期待。在我们参加的道教联合会所属学校的毕业典礼上，一位教师送给我一本《香港中小学生迎97心意设计及征文大赛纪念特刊》。翻开一看，立即被从500多所参赛学校中精选出来的作品所吸引。孩子们用生动的绘画和文章抒发了赤子之情。如一篇文章写道"我爱香港，我更爱我的祖国；我心常系着香港，愿她辉煌的成就不但造福港人，也造福我们的同胞"。这使笔者联想到最近香港报纸上关于学生们顶着烈日彩排庆典节目的报道，这是些多么可爱的孩子啊！

在去培侨中学参加该校的毕业典礼时，笔者站在学生会门口的一块倒计时牌前久久不忍离开。那上面赫然写着的是："重投祖国怀抱倒数30天"。短短几字，道出了培侨师生思归的心声。据了解，该校的迎回归活动早在去年就拉开了帷幕，学校有意将爱国教育渗透到这些活动里，并取得良好效果。

当政权移交大典日趋迫近之时，香港各界更频繁以多种活动来表达喜庆的心情。在千余人参加的道教界预祝回归游艺晚会上，主人以热烈的狮舞将新华社香港分社张浚生副社长迎到贵宾席。晚会上近200名演员登台献技，其中民间舞蹈与民乐合奏同内地的演出并无二致，而大合唱《歌唱祖国》竟用普通话演唱，使我们这些从北京去的客人既兴奋又惊讶。最后以活泼有力的醒狮舞亮出对联"道教喜庆回归""香港繁荣安定"点明主题。席间不断播放《歌唱二郎山》《我们走在大路上》、《小二黑结婚》（插曲）、《珊瑚颂》等五六十年代国内流行歌曲，以及《二泉映月》《良宵》等民乐经典作品，不仅让人产生有如归家的亲切感，而且很自然让人想到：同一文化根基下的炎黄子孙，无论分隔多久多远，也是不难走到一起的！

香港正向祖国大步走来。

（载《中国教育报》1997年6月19日第4版）

## 校园长传赤子情

根据访港行程安排，不久前我们参加了一次香港培侨中学的毕业典礼。当得知香港特别行政区首任行政长官董建华将作为"主礼嘉宾"出席典礼时，大家都兴奋异常，提前驱车来到会场。

"培侨"二字，在香港教育界是个十分响亮的名字。自1946年建校以来，该校历经艰难曲折，在扩充本校的基础上，又先后创办了上水和铜锣湾两所分校，成为一所体制完备、业绩突出的著名私立学校。约有1500人参加的毕业典礼，便是在坐落于跑马地朗园山上的本校举行的。

当我们所乘的面包车在该校的操场上停稳时，操场围墙上"歌唱祖国""建设特区"8个红漆大字立刻抓住了大家的视线。环顾四周，只见高低错落的新楼毗连成一个"凹"字，占据校园的三个面，空出的那面是给早晨初升的太阳留的。站在三楼宽敞的走廊上，不仅能远眺美丽的海景，而且能见到学校主楼顶上高高飘扬的五星红旗。此刻，嵌在走廊墙壁上一个3米多长的玻璃窗映入笔者眼帘，里面陈列着学生在教师指导下精心制作的各种京剧脸谱。真没想到这里的学生对中国传统文化艺术竟有如此挚爱之情！而学生会门前的一块黑板大小的倒计时牌，更是留住了笔者的脚步。上面以红底黄字醒目地写着："重投祖国怀抱倒数30天"，生动地表达了师生们渴望回归的真情。笔者忽然醒悟："培侨"之所以遐迩闻名，除了它具有较高的教学质量和先进的设施以外，更重要的是它所具有的奋发向上的意志和始终如一的爱国热忱。

从毕业典礼上所发的资料得知，培侨中学建校半个世纪以来，面对香港当局重英轻中的语文政策，一直勇敢地坚持以母语作为教学语言。他们认为母语教育不仅能在教学中启发学生思考，而且能将中华民族的文化特色渗透到课堂教学中。该校还为母语教学与学好英文及升学衔接问题摸索出了许多宝贵经验。尤其值得称道的是，培侨中学数十年来始终坚持爱国教育，让学生了解历史和国情，增强民族意识。该校依据形势变化，在不同时期确定相应的教育目标和内容。如围绕"七一"回归，曾出版回归特刊、举办基本法讲座、进行国旗国歌教育、举办香港发展史展览等活动，以提高学生对"一国两制"的认识和信心。

在漫长的发展历程中，"培侨"曾受到来自社会各界爱国人士的支持和帮助。自1980年以来，先后有包括杨振宁、董建华在内的18位港内外知名人士担任主礼嘉宾，主持该校历届的毕业典礼。

此时，在近2000人起立鼓掌的热烈气氛中，董建华先生带着亲切的笑容迈步走上主席台。他在致辞中指出，香港要确立一个良好的教育方向，使受教育者成为爱国家、有理想、有道德、有文化和对社会有贡献的人。

笔者从这位众望所归的行政长官的恳切话语中，仿佛见到了"培侨"精神的传扬和香港教育的希望。

（载《中国教育报》1997年6月23日第4版）

## 永不陨灭的传统文化

香港这个多元文化的国际大都会，处处向人们展示着当今世界丰富多彩的文化积淀：典雅优美的欧式建筑，庄严肃穆的天主教堂，林林总总的金融市场，沸沸扬扬的赛马盛会，吸纳百川的博物馆和文化沙龙，灯红酒绿的夜总会和应有尽有的娱乐世界……然而，在这些每每被炫耀的西方现代文明背后，我们却不难发现中国传统文化顽强的生命力。

在笔者应邀出席的香港道教联合会所属15所中小学及幼儿园的联合毕业典礼上，教育署署长余黎青萍批评当今社会"金钱挂帅""急功近利"的风气时，指出应多向学生灌输中国优良的传统思想，传扬积极的价值观念，使他们明白"正其谊不谋其利,明其道不计其功"的道理,修身立志,成为正直有为的好青年。据笔者了解,除这些学校以外,香港其他一些中小学和大学也开设了传统文化课程,如中文大学开设了《易经》《唐诗》《宋词》,开放大学开设了中国文史哲基础课程,等等。笔者从中文大学一位陪同人员的介绍里得知,针对香港大学学生的语文水平每况愈下、高中会考语文成绩也明显下降的情况,多所大专院校推行一连串改善语文水平的课程,以帮助学生提高语文能力。如中大为新生开设短期训练班,强化普通话与汉语拼音的学习,理工大学则规定学生必须修读普通话及中文写作课程,成绩合格方能获得学衔。笔者以为,这些措施也将有助于传统文化的学习与推广。

香港社会重视传统文化的趋向,不仅在饮食、服饰、风俗、娱乐等方面有着普遍易见的反映,而且也深刻地渗透到许多艺术领域。你看坐落在新界荃湾三叠潭的圆玄学院,那石级前虎虎生气的石狮,那瓦檐石柱有如蓝天白云般的三教牌坊,那仿如古代帝苑的龙华楼和凝重古朴的藏经阁,以及庭院中玉雕观音安详的神态和铜塑孔子睿智的目光,都使人联想到北京、西安、苏州等地的古代建筑与雕塑。笔者曾在香港艺术馆参观到马远、郑板桥、吴昌硕等名家的绘画真迹,以及刚从美国运来此地巡回展出的古代丝绸刺绣极品,这次又在香港大学参观到个人珍藏的自先秦至明清的出土文物,真是大饱眼福。而好客的中大主人又特意带领我们参观了正在该校展出的"香江先贤墨迹",其中陈伯陶、叶恭绰的行草,邓尔雅、冯康侯的篆书,蔡元培的行书和梁启超的楷书,不仅是难得的珍品,也是他们给香港留下的宝贵纪念。如果说这些展出表现了老一辈港人对传统文化的追念，那么笔者所见培侨中学女学生们表演的《敦煌剑舞》，则显示出少一辈港人对传统文化的酷爱。这个在该校毕业典礼上备受欢迎的精彩节目，曾在香港举行的比赛中多次获奖。你看那地道的唐舞服饰，那一举手一投足间所展现的刚柔相济的美，那大跨度动作形成的整体配合与舞蹈结构，都将完美的古代风情留在了观众心间。

据笔者所知，香港主流社会里不少人对传统文化都有相当执着的追求。在中大校长李国章教授邀请的午宴上，该校学术交流中心主任伦炽标博士告诉笔者，这位外科专家家学渊源、古文底子深厚，能背诵白居易《长恨歌》，问我敢不敢叫板，和他比试比试。这里我忽然想起那位澳籍港人朋友周启坚医生的夫人陈念惠来。她自费拜名师学书画，十数年伏案挥毫，锲而不舍，精益求精。这次相会，只见宽敞雅致的厅堂里挂着她近日的得意之作，无论书法和绘画，点染间均透着一种女性所特有的灵气，尤其是《夜色牡丹》旁边那幅行草《正气歌》，洋洋洒洒，一气呵成，在飘逸中流溢着阳刚之美。

笔者认为，在殖民文化和西方文化的包围之中，传统文化之所以能在香港得以保持和弘扬，除了民族的历史根基以外，还应归功于有识之士的奔走呼号。我所了解的杜祖贻教授，基于对犹太民族历史的深刻研究，总结出从小学习本民族语言及文学对振兴民族至关重要的经验。1979年他由美国密歇根大学来香港中大兼职后，率先顶风向社会推荐坚持以母语教学的培侨中学，继而做了许多为弘扬传统文化奠基的事情。他发起组织《中国文学古典精华》教材的编写班子，特吸收中大十几名学生参加，以期后继有人。一位学生在出版招待会上发言说，通过编写深感古典文学超越时空的魅力。

这样的年轻人多些，便是我们民族的传统文化之幸，是我们民族之幸。

（载《中国教育报》1997年7月3日第4版）

# 我国古代体育运动拾零

## 少年不乏弄潮儿

古代南方水乡的少年，凭借天然的江河湖泊，大多酷爱游泳，掌握了游泳的本领。苏轼《日喻》中写道：南方人七岁就能在水中蹚来蹚去，十岁就能浮在水面玩，十五岁便可以在水里自由出没了，摸透了水性的缘故。

在这些少年中，自然涌现了不少游泳的佼佼者。南朝时阳羡（今江苏宜兴南）地方有个名叫周文育的穷孩子，十一岁那年便能在水中一气游上好几里路程。他还有一手绝招——游着游着，忽地纵身向上一跃，全身离开水面竟有六尺之高！他常与少年朋友们做水上游戏，没一个能赶上他的本领。

其实，像周文育这样具有高超游泳技能的人，在江南水乡又何止千千万万！史书里曾记载着钱塘江大潮时的水上盛会：每年八月十八日（一说每月十六日至十八日），在钱塘江入海口，潮水汹涌澎湃，势不可当。附近数百名游泳健儿，手持大旗奋勇当先，与惊涛骇浪拼搏，在水中做着各种动作而旗角一点也不被沾湿，并以此显示自己的本领。前来观望的人不计其数。这一惊心动魄的场面，给不少文人学士留下了难忘的记忆。北宋诗人潘阆在《长忆观潮》一组词中吟哦道：

> 长忆观潮，满郭人争江上望。
>
> 来疑沧海尽成空，万面鼓声中。
>
> 弄潮儿向涛头立，手把红旗旗不湿。
>
> 别来几向梦中看，梦觉尚心寒。

青少年莫不崇尚勇武，乘着"弄潮"（在潮涌巨波间显身手）驰骋怀抱，正是乐得其所啊！

（载《少年体育报》总第23期1985年6月第2版；该报武汉出版、全国发行。）

## 古代的冰上运动

据历史书籍记载，我国古代的冰上运动称作"冰嬉"，是戏乐的意思，"冰嬉"，即冰上娱乐活动。

过去所用的冰鞋可没今天这么讲究，只是把镶有钢条或钢片的木板绑在鞋上就行了。然而，古人利用简陋的器械，却练就了一身冰上绝技。据记载，有位叫齐士林的人，十二岁便练习滑冰，能表演出"猿猴抢桃""鹞子盘云""凤凰展翅""卧鱼"等姿态。清朝有人描绘滑冰的实景说："飘然而行陡然止，操纵自我随纵横。"现存故宫博物院的《冰嬉图》上，不仅已有类似今天的滑冰动作，而且还有许多民间杂技动作，如飞叉、耍刀弄幡、使棒爬竿、倒立、叠罗汉等，将杂技与溜冰熔为一炉，可见千姿百态，别开生面。

古代的冰上运动，除速滑与花样滑冰外，还有滑冰射箭、冰上足球等，内容异常丰富。今天的冰球比赛是用冰球杆击球，在古代则是用脚去踢，边踢边滑。两队比赛，互相追逐彩球，有意思极了。当然，古代冰上运动最初从东北满族开始，就兼有习武的目的，直到清朝，政府还把滑冰、冰上足球与摔跤作为守卫京城部队的训练项目呢！

（载《少年体育报》1985年2月12日第9期第3版）

## 我国古代足球运动

我们的祖先勤劳勇敢，极富有才智。他们不仅会学习，会劳动，而且会娱乐、会锻炼身体。他们不仅创造了闻名于世的灿烂的古代文化，而且创造了许多寓娱乐于其中的体育项目。

当你看到我国足球健儿为冲出亚洲、走向世界而顽强拼搏的时候，你可曾想到，远在几千年前，我国便已开展了足球运动?！这项运动，在古代称作"蹴鞠"或"踢鞠"。"蹴"和"踢"，都是"踢"的意思。"鞠"，便是足球。它也和今天的足球一样，是用皮革制成的。只不过汉代以前人们还不知道往球里充气，而是用许多羽毛把它填得满满的。相传这种足球还是在远古时代的黄帝发明的哩！随着科学技术的发展，到了唐代，"鞠"里也灌上气了，所以又称"气毬（球）"。

我国古代的足球运动，最开始是从战国时代的军队里开展起来的，把它作为操练武艺的一种手段，既练了腿脚、腰身，又练了眼睛和大脑；既能娱乐，又可强身。上自帝王将相，下至平民百姓，没有不喜欢的。

古代的足球运动，虽然也讲比赛，也兴破门，但更多的是当作个健身的游戏；可以互相踢着玩，也可以自己当作毽子踢。王维诗中写道："蹴鞠屡过飞鸟上，秋千竞出垂杨里。"你看，玩得多惬意！《水浒传》第二回描写高俅踢气毬"一似鳔胶粘在身上的"，可见，古时已十分注重球艺。

（载《少年体育报》1985年2月5日第3版）

评论篇

# 世界教育的现在及其将来

随着我国工农业和科学技术的蓬勃发展，随着我国四个现代化建设的逐步推进，教育事业的现状，教育改革的方向和途径，越来越引人瞩目。了解世界教育的发展趋势，尤其是一些发达国家的教育情况，展望世界教育的远景，对我国教育事业的发展具有重要的参考价值和战略意义的借鉴作用。

## 现　状

近20年来，由于社会生产力的不断提高，由于新的动力资源的开发和科学技术的巨大进步，导致了世界各国教育的普遍繁荣和发展。现代化生产的需求赋予教育许多新的特点，主要表现为：

**教育在整个社会中的地位有了显著的提高。**

人们从生产和科技发展实践中，深刻地认识到科技本身已经成为一种不容忽视的生产力，而科技的基础就是教育。现代教育的作用，不仅是为了保证劳动力的再生产，也直接推动物质的生产和经济的发展。有人估计，美国现在国民生产总值的平均增长额，有一半左右是由于劳动力教育程度的提高和应用科学研究的成果而取得的；而西德经济增长率的50％左右应归功于国家技术教育的普及。苏联还有人统计，具有完全中等教育水平的工人所完成的生产定额指标，要比只受过8年制教育的工人高25％；受过完全中等教育的工人所提出的合理化建议，比没有受过完全中等教育的同样工龄的工人要多4倍。因此，许多国家十分重视人力资源的开发，教育投资一直维持在高水平上。从1900年至1978年法国国家财政预算只增长了14倍，但教育经费却增长了25倍，1966年以来始终保持占国家总预算的17％。西德的教育经费目前亦占16％。日本战后经济的空前发展，苏联空间科学的飞跃进步，都与他们强调全民教育水准的提高有着直接的关系。

**义务教育阶段的延长和教育普及程度的提高。**

美国、英国、法国、西德、日本和苏联的义务教育年限，位居世界各国的前列。目前美国有的州的义务教育年限达到了18岁。苏联义务教育普及到10年一贯制的普通中学，学生年限17岁。据日本1978年统计，义务教育入学率为99.94％，初中毕业升学率为93.5％，高中毕业升学率为50.8％，而高等教育已被称为进入"大众化"阶段。不少国家的人口的学历结构发生了很大变化，教育普及的程度迅速提高。美国1976年统计，美国25岁以上的人口平均受教育年数是12.4年。这种提高的趋势目前是有增无减。近年来，第三世界的许多国家在扫除文盲、普及文化方面，也有了较大的进展。

**教育体制的多样化和教育的社会化。**

由于科技发展的巨大冲击力，由于大量熟练劳动工人需求的增长，引起了世界各国教育结构的显著变化。突出表现为职业教育和技术教育的普遍加强和成人继续教育受到高度重视。美国中等和中等以上的职业技术教育是近20年来发展最快的教育领域。以入学人数统计：1956年为341.3万人，1966年增到607万人，1975年则为1548.6万人，大致以每10年左右翻一番的速度向前发展。教育体制也随着产生相应的变化，以社会为对象的多种教育形式大量地涌现。不少国家已开始大量兴办学习专门手艺和技能的职业高中、特殊中学、专修学校等。大学的种类就更为繁多了：日本的短期大学、美国的初期学院或社区学院、法国的短期技术大学以及各国都有的开放大学、业余大学、函授大学、广播电视大学、夜大学等等。苏联已经把业余大学和夜大学列入正规大学计划，这类学校的大学生占大学生总数的45%。另外，厂办学校或企业办学校的情况也较为普遍。成人继续教育在世界各国得到高度重视。西德的成人教育中心有950多个，分散为3300个点，学生人数1000万，相当于全国中、小学在校人数。美国也已经出现了新的教育学科——"成人教育学"，专门研究、制定成人学习的宗旨和规划。

**加强高级和尖端人才的培养。**

目前各国对高级和尖端人才需求量越来越大，质量要求也越来越高。从中小学教育到高等教育都十分重视人才的发现和培养。有的国家甚至强调要抓好学前的"智力超常儿童"的教育。法国教育部规定"早慧儿"可以提前半岁入小学。日本的中等教育为了适应天资聪颖和兴趣广泛的学生的培养需要，除设普通科目以外，还设有100多个选修科目。研究生的人数在许多国家都有增长。美国1975年的研究生人数比1960年增长了3倍多。日本1975年有研究生5万人，也比1960年增加两倍多。另外，设置学位制度已十分普遍。美国的一些大学为了培养更尖端的人才，开始在一般研究生院之上设立高级研究生院，给已经获得博士学位的人继续进行的科研领域，并对专业领域内的研究提出新的见解，不仅具有独立研究的能力，还要有指导研究的能力。

**教学内容、设施和手段的现代化。**

目前许多国家对基础教育和高等教育的教材改革抓得很紧，要求教材内容能够尽快地反映出当代科技发展程度和重大的科研成果。美国近20年来，十分重视中学教材的编写，不断更换已为科技发展所淘汰的陈旧内容，并组织全国第一流的科学家、大学教授和优秀中学教师担任教材编写工作。教材每过5年大变一次。教育设施和手段的现代化在一些发达国家进展十分迅速。现代教室设备、光学投影设备、电声设备、电视录像设备已被普遍启用。近来，电子计算机的运用也逐渐推广开来。美国6％的公立小学和中学里，约有280万名学生使用电子计算机屏幕进行学习，促进了教育质量的提高。美国一些学校还采用了"录像片"的现代新技术进行教学，每张录像片可录54万个彩色影像，可听两个声道。

**发展师范教育，提高师资水准。**

教师是提高教学水平、搞好教育改革的关键。目前世界上许多国家对师资水准的要求是极其严格的。法国的中学教师必须持有"中等教育能力证书"方可任教，而报考这一证书是很难的，必须具有硕士学位。考试合格者还须在地区教育中心受一年的教育学实践训练，才能正式取得教师头衔。在日本称呼教师工作为"神圣的职业"，许多最优秀的人才都集中于教育界。日本很早就实行"教师许可证"制度，领取此证必须修完规定的学科，经考试合格，由各级教育委员会颁授。为了保证教师质量，还实行教师检定制度，教师升级必须经过都、道、府、县的严格考试。欧洲、北美的大多数国家都规定，必须修毕大学课程之后，才能获得在小学或幼儿园任教的资格，研究生毕业并获得学位的人才能做大学助教的候选人。师资水准的提高明显地促进了整个教学水平的上升，给人才的培养和发展创造了十分有利的条件。

**教育研究的普及化、集约化和专门化。**

教育研究在许多国家都受到高度重视，政府不惜资助大量经费来开展这项工作。日本官方在中央和都、道、府、县、市、町、村都设有教育研究的专门机构。教育工会也经常组织广大教师进行研究工作，并且每年要举行一次万人教研集会，其研究项目达30多个分科。这些年来，西方的教育科学研究一直开展得很活跃，大量知名学者和科学家都参加了进去，而且远远超越国界，形成了世界性的教育研究的潮流，涌现了许多自成体系、独具特色的教育学和教育流派。新的研究学科也层出不穷，如"教育工程学""教育经济学""比较教育学"
"人才学"等等。教育理论上也呈现出多学派、多体系的繁荣
景象。

**国际合作和交流的领域日趋扩大。**

由于尖端科学研究规模的发展，由于某些巨型工程和国际
企业的合作的需要，各国之间的教育方面的合作与交流，已势
在必行。1975年，欧洲共同体委员会就制定了鼓励各成员国
的高等教育机构合作和交流的规划，其中包括有科研人员、教
师和学生的互相流动，共同制定教学大纲，根据本国教师所长
分别承担课程，毕业的学生发给两国的双重文凭等内容。仅西
德一国就有3个机构（西德研究协会、德国学术交流协会、洪
堡基金会）负责与国外交换科学家、教师和学生。

应当看到，世界各国教育的发展至今仍是处于很不平衡的
状态。在多数第三世界国家里，发展教育事业依然力不从心。
经济发展的依赖性、粮食的短缺、购置军火的大量耗费，造成
教育经费短缺，教育的普及率还是很低的。

## 展　望

要探讨世界教育的发展远景，除了首先要对世界教育的现
状有所了解外，还要对未来的生产发展和社会状况有一个大体
的设想。任何时代的教育事业的发展，都是以社会物质生产的
要求和这种物质生产提供的可能为其基础的。

社会生产力高速发展的趋势，在未来的世界中将会更为显

著。能源、空间、电子、激光、遗传工程等尖端科学的新的突破和进展，必将导致生产力的更大提高，导致生产工具、手段和工艺的巨大变革。整个社会劳动将不断智力化、科学化。随着科技发明运用于生产实践的周期的缩短、新技术和新产品过时的速度加快、生产工艺的不断变换而引起的行业的相互渗透，将对每一个科学工作者和生产劳动者提出更高的要求。同时，新知识迅猛增长和更新的趋势，也将在未来变得更加突出。国外有人推算，25年后人类知识的总和将是今天的4倍。不断地学习和掌握新的知识，在将来的社会中将会是司空见惯、习以为常的事情。另外，伴随着社会物质产品的丰富，人们参加生产劳动的时间必然会更加缩短，而对精神生活方面的需求也就更加迫切和多样。这一切都会使得教育本身的发展规律更加受到重视。依据教育的自身特点和规律来办教育，在将来会有更大的可能性和更美好的前景。

那么，将来世界教育可能出现哪些特点呢？

**"从摇篮到坟墓"的终身教育的普及化、延续化和多层化。**

将来一个人的一生，必然是自始至终地受教育的一生。除了有各种类型的学校教育以外，更多的则是社会的各种形式的教育。一般可分为：学前教育、初等教育、中等教育、高等教育、成人教育、老年教育等。从孩子出生后不久的"感知觉教育"到人退休后的"度晚年教育"，将形成一个连续不断的、层次分明的完整的教育体系。人们在任何时候、任何地方，在社会生活环节的各个阶段，针对工作、学习和娱乐的各种需要，都可以有受教育的机会。随着这种终身教育的普遍实施，一个人一生中离开工作岗位去上几次学将成为平常的事。一个专家、学者、教授或工程师获得多种学科的博士学位也会比较普遍。至于利用现代化的教育手段进行自我进修，几乎是天天可做的事情了。这种多层次的反复教育，将极大地提高整个社会的文化水平和智力程度，使人们不断地向着更高级的"自我"演化，从而更有效地推动生产和经济的发展。

**人才的个性特点在教育过程中将得到充分的显露和发展。**

由于将来教育结构和教育手段的多样化，由于将来社会将给每个受教育者提供更优越的学习条件，人们的不同的个性特点，不同的气质、兴趣、爱好和特长都会得到更好的尊重和培育。这将表现为：幼儿教育的科学水平的提高，将从人的婴幼时期就能提高识别其个性特点和才能素质的准确率，更有成效地做好人的早期智力的发掘；受教育者自由选择和更换学习专业的主动权将大大增加，可以有更多的机会选择自己爱好的专业、中途改换专业或连续学习多种专业。天赋给人的智力条件是多方面的。据国外科学家分析，人的大脑有120亿—140亿个神经元，而现在真正利用起来的最多只有十分之一。人的才智的发挥是需要不断调整的，一旦所攻的专业与自己的才能的素质对上口径，将会闪射出异样的光彩。这无疑地会使人们能够自由选择和调换职业这个社会理想早日实现。

**各学科知识的综合性加强，而专门化的知识又更加单一、精深。**

要适应生产力发展的多方面的要求，要适应科学技术突飞猛进的发展，人才培养的综合性问题将会日益紧迫地提到日程上来。这样的人才必须是在当代自然科学和社会科学综合发展的新的基础上，具有高度知识水平的全面发展的人。全面发展，意味着必须具备广博、精深的基础理论知识和丰富的实践经验。只有这样，才可能进一步去掌握更高级、更尖端的专业知识和专门技能，才可能在科学技术的某一个领域出现新的突破和开拓。目前，在一些国家的高等学校里，专业结构日渐出现综合化的趋势，使文科和理科越来越深地相互渗透和结合起来。有的学校不再设学部、学科、系、专业，而是设置学群、学类、专攻领域。苏联现在正培养一种新型专家——博学专家。这是一种全面掌握了现代科学技术及科学的方法论的专家，其主要特点是能在理论上掌握和在实践中运用科学、技术、生产和文化领域中一切先进的东西。日本也在1974年增设了跨学科的学位——学术博士、学术硕士。这些措施都带有未来教育的特色。

必须指出，西方的一些发达国家可能会在相当长的一个时期内，在教育发展方面居于领先地位。但是资本主义的所有制和它所固有的矛盾，与教育的最终目的——培养全面发展的人，有着无法克服的不一致性。教育发展的比例失调，教育人口的过剩和浪费，教育经济的竞争，都将从实质上遏制人才的培养和发展，学习上的竞争必将转化为就业上的竞争。尖端教育与普及教育的严重不平衡，也将加剧人们教育水准上的差距。教育改革的理想与资本主义现实之间的矛盾的日益增大，必将使教育的发展脱离开正常的轨道。

第三世界的教育发展，目前正呈现着蒸蒸日上的兴旺景象。他们既吸收了西方发达国家的教育的先进成分，也在充分继承和发扬本民族教育的传统特点，并且根据自己的国情，发挥优势，扬长避短，表现出突飞猛进的生气。但是也应该看到，由于经济状况的限制，教育投资的不足，教育的落后状态还不是短时间能够完全扭转的。

我国是一个发展中国家，十年动乱所造成的教育长期严重落后和对国外教育状况很不了解的局面正在不断得到改善。尽快发展教育事业，迅速赶上世界教育的发展进程，让教育更好地为"四化"建设服务，这是摆在我们面前的一项重要的历史使命。

（此文与李复威合作，原载《百科知识》1982年第3期，《新华文摘》1982年第4期作为重点文章转载）

# 中国教育的现在及其将来

随着我国工农业和科学技术的蓬勃发展，随着我国四个现代化的逐步实现，教育事业的状况，教育改革的途径和方向，越来越引人瞩目。教育事业对提高社会生产力和加速社会主义建设的重要作用，也越来越为人们所重视。在研究和探讨教育改革的时候，我们必须广开思路，放眼未来。在继承我国优良的教育传统和借鉴国外有益经验的同时，展望我国未来教育的远景，设想未来教育事业发展的战略蓝图，是一个不容忽视的重要课题。

## 世界教育发展的趋势

了解世界教育的发展趋势，尤其是一些发达国家的教育现状，对展望我国教育的未来远景是有重要的参考价值和借鉴作用的。世界各国的教育事业发展趋势表现为：

1. **义务教育阶段的延长和教育普及程度的提高。**

以美国、英国、法国、西德、日本和苏联的义务教育来说，年限都是比较长的。其中美国有的州的义务教育年限达到18岁。苏联义务教育普及到10年一贯制的普通中学，学生年限17岁。同时，这些国家的教育普及程度还正在迅速提高。据日本1978年统计，义务教育入学率：99.94%，初中毕业升学率：93.5%，高中毕业升学率：50.8%，而高等教育已被称为进入"大众化"阶段。美国1976年统计，美国25岁以上的人口平均受教育年数是12.4年。目前这种提高的趋势有增无减。

2. **教育的社会化和教育体制的多样化。**

近10—20年来，由于科技发展的巨大冲击力，由于大量熟练劳动工人的社会需求，引起了世界各国教育结构的显著变化。突出表现为职业教育和技术教育的普遍加强和成人继续教育受到高度重视。美国中等和中等以上的职业技术教育是近20年来发展最快的教育部门。以入学人数统计：1956年为3413159人，1966年增到6070059人，1975年则为15485828人。以每10年左右翻一番的速度向前发展。教育体制也随着产生相应的变化，以社会为对象的多种教育形式大量地出现。不少国家已开始大量兴办以学习专门手艺和技能为主的职业高中、特殊中学、专修学校……大学的种类就更为繁多了。日本的短期大学，美国的初级学院或社区学院，法国的短期技术大学，还有开放大学、业余大学、函授大学、广播电视大学、夜大学等等。苏联已经把业余大学和夜大学列入正规大学计划。这类学校的大学生占大学生总数的45%。另外，厂办学校或企业办学校的情况也较为普遍。成人继续教育在世界各国得到高度重视。西德的成人教育中心有950多个，分散为3300个点，学生人数一千万，相当于全国中、小学在校人数。美国已经出现新的教育学科——"成人教育学"，研究制定成人学习的宗旨和规划。

3. 加强高级和尖端人才的培养。

目前各国对高级和尖端人才需求量越来越大，质量要求也越来越高。从中小学教育到高等教育都十分重视人才的发现和培养。有的国家甚至强调，要培养尽可能多的高级、尖端人才，必须从学前教育入手抓起。法国教育部规定"早慧儿"可以提前半岁入学。日本的中等教育为了适应天资聪颖和兴趣广泛的学生及时地得到发展，除设普通科目以外，还设有100余种选修科目。研究生的数量在许多国家都有增长。美国1975年读硕士学位和博士学位的注册的研究生人数比1960年增长了3倍多。日本1975年有研究生5万人，比1960年的15000人，净增两倍多。另外，设置学位制度已十分普遍。美国大学生毕业以后，还可以继续进行硕士学位修业、博士学位修业和博士以后的修业。要求这样的人才能够开辟新的科研领域，并对专业领域内的研究提出新的见解，不仅具有独立研究的能力，而且还要有指导研究的能力。

4. 教学内容、设施和手段的现代化。

目前许多国家对基础教育和高等教育的教材改革抓得很紧。其共同目标是要求教材内容能够尽快反映出当代的科技发展程度和重大的科研成果。美国近20年来，十分重视中学教材的编写，不断更换已为科技发展所淘汰的陈旧内容，并组织全国第一流的科学家、大学教授和优秀中学教师担任工作。教材每过5年大变一次。教育设施和手段的现代化在一些发达国家进展十分迅速。现代教室设备、光学投影设备、电声设备、电视录像设备已被大量启用。最近，电子计算机的运用也逐渐普及起来。美国6%的公立小学和中学里，约有280万名学生接受使用电子计算机屏幕进行学习，促进了教育质量的提高。

**5. 教育研究的普及化、集约化和专门化。**

教育科学的研究在许多国家都受到高度重视，政府不惜动用大量经费来开展这项工作。日本官方在中央和都、道、府、县、市、町、村都设有教育研究的专门机构。另外教育工会还组织广大教师进行研究工作，并且每年举行一次万人教研集会。其研究的项目达30多个分科：国语、外国语、社会科、数学、理科、美术、音乐、技术、职业、家庭科、保健、体育、生活指导、俱乐部活动、能力、发展、学习与评价、缺陷儿童教育、幼年期的教育与保育问题、选拔制度与出路指导、青年期的教育、国民大学的结构、人权教育、和平与民族教育、民主的学校结构、人口密度大的地区与人口稀少的边区教育、公害与教育、宣传报道与教育、教育劳动者与文化活动、女子教育等。近几年围绕着教育问题，新的研究学科也层出不穷，如"教育工程学""比较教育学""教育经济学""人才学"等等。教育理论上也呈现出多学派、多体系的繁荣景象。

从我国教育现状来看，与世界教育发展的先进水平相比是有很大差距的。我国目前9亿多人口中，知识分子仅有3000

万人，其中科学技术人员仅80万人。据1979年统计，全国每1万人口中有大学生9.4人，普通中学生616.3人，小学生1530.4人，比例是十分低的。我国教育经费占国民经济支出预算6.67%（日本占39%以上）。如何适应我国的具体国情，迅速发展教育事业，赶上世界教育的先进水平，为"四化"建设培养大量优秀的人才和合格的劳动后备军，是我国教育未来面临的战略任务。

## 对未来人才的设想

要探讨我国教育未来的发展远景，首先要对未来人才的状况有一个轮廓的认识和设想。任何时代人才的出现和发展，都是以社会物质生产的要求和这种物质生产所提供的可能为基础的。

当代生产力已发展到新的水平。据国外有人统计推算，25年后，人类知识的总量将是今天的4倍。全世界的生物学知识自1901—2000年将增加100倍，每年平均增加1倍。随着科技发明运用到生产中去的周期的缩短，新技术、新产品过时的速度加快，生产工艺不断变换也将引起行业的不断交换。因此，对未来的人才将提出新的更高的要求。

那么，未来的人才将会是一个什么样子呢?

首先，他们必须是在当代社会科学和自然科学综合发展的新的基础上，具有高度文化水平全面发展的人。这种全面发展标志着一代人才水平的总体提高。全面发展，意味着必须具备广博、精深的基础理论知识和丰富的实践经验。只有在这样的前提下，才可能进一步去掌握更高级、更尖端的专业知识和专门技能，才有可能在科学技术的某一个领域出现新的突破和开拓。在全面发展的基础上，需要一大批人才获得更高水平的培养，逐步成长为适应我国各方面需要的专家、学者、教授、工程师……他们将能在自己的工作和研究领域内有所建树。

另一方面，由于像计算机一类先进技术在生产过程中的应用和自动化装置的不断完善，在工农业生产第一线的工作者也必须成为掌握当代先进技术的熟练劳动力，具备普通技术员的水平。随着各种教育形式的发展，从普通的工人、农民中进修为技术员、工程师、研究人员将会成为人才培养的一条重要渠道。我们未来的人才还应该具备独立工作、独立研究、独立解决问题的能力，能够进行创造性的学习和创造性的劳动。

他们还必须在思想意识，精神素质和道德修养各方面符合时代发展的需要，能够在德育、智育、体育、美育上得到更系统的培养和提高。从我国的实际出发，他们更需要富有艰苦奋斗、兢兢业业、积极进取的精神。用伟大理想激励自己为祖国、为人类作出更大的贡献。在新的高度上，用科学的世界观和方法论指导自己向陆地和海洋、向地球和宇宙、向微观世界和宏观世界、向自然的奥秘勇敢地探索、进军。

未来的人才作为过渡到共产主义一代新人的远大目标来说，应该成为一个良好的、切实的起点。在消灭脑力劳动和体力劳动的差别上，迈出更坚实的一步。社会生活的需要会挖掘和培养他们身上多方面的能力和才干。人们的个性可以得到更多的尊重和发扬。从作为一个现代化的公民来说，他们的科学知识、社会常识、思维能力和艺术鉴赏力都会达到一个更高的水平。

培养和造就这样的一代人才和劳动后备军是我们未来教育的职责。

## 教育在未来社会中的地位

历史的经验告诉我们，忽视教育的作用将铸成历史性的错误。日本从明治维新开始，提出"普及文化""启迪民智"的口号以达到振新产业、富国强兵的目的。从1872年实行新学制到第二次世界大战以后，日本国民的文化程度、生产者的受教育程度大大提高，国民的学历构成发生了很大的变化。1895年日本中等学校毕业生在1万人中仅占4人，高等学校毕业生仅占2人。到1950年中等学校毕业生发展到每1万人中占2713人，高等学校毕业生占316人。这样的教育事业的发展极大地促进了日本经济的繁荣。美国在苏联发射第一颗人造卫星以后，深感科学技术可能落后的潜在的危机。他们认真研究、分析，认为原因在于中小学基础教育的落后，为此在国内掀起了一次教育改革的高潮。

众所周知，科学技术本身已经成为一种不容忽视的生产力。而科学技术的基础就是教育。现代教育的作用，不仅是为了保证劳动力的再生产，也直接推动物质的生产和经济的发展。有人估计，美国现在国民经济总产值的平均增长额，有一半左右是通过劳动力教育程度的提高和应用科学研究的成果而取得的；而西德经济增长率的50%左右应归功于国家技术教育的普及；苏联还有人统计，具有完全中等教育水平的工人所完成的生产定额指标，要比只受过8年制教育的工人高25%，受过完全中等教育的工人所提出的合理化建议，比没有受过完全中等教育的同样工龄的工人要多4倍。

在今后的几十年内，极大地提高我们中华民族的文化水平是一项艰巨的历史任务。必须从教育入手，从教育抓起。这就要求切实地提高教育在人们头脑中和社会生活中的地位，使教育成为全党、全民、全社会的共同的事业。就在今天和将来，人们会逐渐深刻意识到缺少教育给自己工作和生活上带来的影响和损失。人们会以巨大的热情，以主人翁的态度投入自我教育的积极行动之中。

实现四个现代化，引进技术、进口设备、学习国外的经验，固然是重要的途径，但最根本的道路是把教育赶上去，把人才的培养搞上去。目前，劳动力的数量和质量之间存在很大的矛盾。我国有丰富的劳动力资源，现在占总人口的57%，到2000年将达到69%。但是，人力资源中技术人员少，急需的人才少。这是有待解决的一个问题。报刊上已连续报道，不少工厂、企业动用巨额外汇购进外国机器设备，有的由于缺乏技术操作、检修人员，机器设备长期闲置不用，如同废铁；有的则由于操作人员缺乏技术知识，违章使用，短期内就将机器设备毁坏、报废，造成的损失是触目惊心的。应该看到，人才资源是社会发展的最宝贵的一种资源，它是促进生产力，提高劳动效率，发展整个国民经济的一个重要前提。它在社会向着未来前进的过程中，占有举足轻重的地位。

最后，还必须强调，我们的教育在实质上还担负着培养接班人的任务。这不仅是目前的当务之急，也是未来教育的一个重要课题。它关系着我们国家、民族的兴衰，关系着我国现代化建设的成败。在未来教育的整个历史进程中，必须把这个长远的战略考虑纳入经常性的教育轨道上来。我们奋斗的最终目标是共产主义社会。我们的未来教育也应当成为通往共产主义教育的过渡性途径。随着教育的更高程度的普及和发展，还将逐步缩小简单劳动者与复杂劳动者、非熟练劳动者与熟练劳动者的差距，逐步缩小体力劳动者和脑力劳动者的差距。这将为改变社会结构，为向共产主义社会过渡奠定一定的基础。

## 未来教育的特点

谈到教育的特点，必然涉及教育的本质属性。对于这个问题，目前我国理论界正展开热烈讨论。大体有这样三种意见：（1）教育是上层建筑的社会现象；上层建筑的基本因素是决定教育性质的矛盾主要方面。（2）教育是部分属于上层建筑、部分属于生产力的社会现象，而生产性是教育的普遍和本质的属性。（3）教育是一种有目的、有意识的社会实践活动，具有多质性和复合性。虽然众说不一，但这些意见都没能离开教育是培养人和受一定社会制约这个根本的基点。它也是我们探讨未来教育的依据。我国逐步实现四个现代化以后，将会有比较强大的物质基础和经济实力，也将有更高的社会需求，这将决定未来教育的特点。那么，这些特点是什么呢？

**首先，是以终身教育为主要标志的教育的普及化。**

在知识大量激增和不断更新的社会里，一个人的一生必然是受教育的一生。除了有各种类型的学校教育以外，还要有社会的各种形式的教育。一般可分为：学前教育、初等教育、中等教育、高等教育、成人教育、老年教育等。这种"终身教育"将成为教育普及的基本内容。

据美国前助理国务卿霍尔布鲁克的推测，到2000年我国国民生产总值将可能接近美国七十年代的水平。如果这一推测不是轻率作出来的话，那么我国的教育普及程度届时也可能逐步接近美国七十年代的水平。即能够基本普及中等教育和大幅度增长高等教育。但是，就是如此，大多数人仍然要在中等教育（包括中等职业技术教育）以后走上生产岗位和工作岗位。对这部分人的继续教育在未来社会中占着极其重要的地位。他们人数众多，年龄、职业和文化程度的差异性很大。他们既需要提高一般的科学知识水平，又需要加强专门技术和专业技能的训练。为适应这种要求，将要出现以校办业余大学和企业本身办大学为主要形式的多种业余教育手段，如夜大学、函授大学、电视大学及短训班、轮训班、进修班等等。

另一方面，随着尖端科学技术的不断发展和相互渗透，对受过高等教育或获得高级学位的人来说，同样存在一个再教育的问题。未来教育也要适应他们的要求，如扩大研究生院、兴办博士学院、教育学院等等。对老年人的教育是未来社会中不容忽视的重要课题。国外近年来已经出现这样的教育新学科——"老年教育学"。应当根据退休人员和失去劳动能力的老人的生活需要和精神要求，设置一些符合老人特点的教育课程和讲座，开展一些有益健康、娱乐身心、增进知识的教育活动。"活到老，学到老"将不仅是一句个人修养的格言，而会成为普遍的社会现实了。

由于终身教育的实施，一个公民，一生中脱产上几次学，将是不足为奇的。一个专家、学者、教授或工程师获得多种学科的博士学位也完全有可能。至于人们利用现代化教育手段（如电视、电影、录音、录像、电脑储存等）进行自我进修，那几乎是天天可做的事了。那时，我国每个人最终能在某一专业上达到大学毕业的水平，将是可企冀的事情。在我国实现终身教育，将比任何资本主义国家都具有优越性。社会主义制度将提供最有利的条件保证终身教育的逐步实现，前景是令人十分鼓舞的。

**其次，人才的个性特点在教育过程中将得到充分的显露和发展。**

"因材施教"是我国古人早已提出的正确的教育、教学方法。但直到今天，作为每个教育对象的"材"，是否找到适合于他的遗传条件、个性特点，兴趣爱好充分发展的教育，依然是一个大问题。拿我国今天高等学校的招生情况来说，每年约有600万—700万高中毕业生，而大学只能录取30万左右的人。经过考试被淘汰的绝大部分学生中还有相当一部分是具有进一步深造条件的。但由于考试本身的局限性，由于教育机会的缺乏，就很难发挥他们的内在潜力。据报纸登载，没有考上大学的人有的后来却考上了研究生，有的则被聘请当上了大学教师。就是已经升入大学的学生，在经过一段时间培养以后，也会显露出各种不同的志趣、爱好和能力的差异。如何对这些情况做出适当地调配、更替；如何尽早地识别人才，鉴别人才的发展方向；如何最大限度地发展每个人的才干，今天我们的教育体制还不能比较理想地解决这些问题。

在未来教育中，这种缺陷将会得到扭转。这可以从以下几个方面来设想：

1. 幼儿教育和家庭教育的不断加强，将从早期就大大提高识别儿童的个性特点和才能素质的准确率。将来从幼儿园到家庭的教育就要注意启发孩子们的才智。

2. 受教育者自由选择和更换学习专业的主动权增加。将来，在中等教育和高等教育中，在学好基础课的同时，应大大增设多种选修课供学生选择，以保护和发扬学生的特长。而且今后个人在国家需要的前提下，选择自己专业爱好的权利将会大大增加，中途改换专业或连续学习多种专业的机会也将大大增加。国家和社会将给每个受教育者提供一个广阔的天地，最大限度地发现、培养、发挥他们的天赋和才智。

3. 加速通往自由选择和调换职业的最终目标。天赋给人的智力条件是多方面的。据美国科学家分析，人的大脑有120亿—140亿神经元，而真正利用起来的目前最多只有十分之一。马克思称欧洲文艺复兴时代为"巨人"的时代。"巨人"的出现固然有其特殊的社会历史背景，但从另一个角度来说，也看到人类的智慧和才干的潜力是取之不尽、用之不竭的。一旦主客观条件具备，就能得到充分地施展。我们当代的许多名人，他们借以成名的专业和他们最初涉猎的专业往往有很大的差异，甚至毫无联系。这也说明，人的才智的发挥是需要不断调整的，一旦所攻的专业与自己的才能素质对上口径，那将会对人类作出更大的贡献。由此可见，专业的自由选择和调换对人才的发展将有深远的意义。拿陈景润来说，他在大学时攻读数学专业，毕业后分到中学当数学教师，这不能说专业完全不对口。但他的才能素质并不适合搞中学教学而更适合于科学研究。如果不是厦门大学校长独具慧眼，挑走了这匹"千里马"，那么哥德巴赫猜想的论证，恐怕不会在七十年代问世于祖国大地了。我们的未来教育应该为达到这个目标创造条件，并不断加速这个历史的进程。

最后，各学科知识的综合性加强，而专门化的知识又更加单一、精深。

随着科学技术突飞猛进的发展，新的学科将层出不穷地诞生。同时，各学科之间的相互渗透不断加强，不仅产生了许多边缘学科，而且增加了学科之间的紧密联系。专门化的知识也就随之朝着更加单一、精深的方向发展。这种教育发展的必然趋势在未来教育中将会得到更充分的体现。目前世界上大约用4种办法来从事这方面的变革：（1）将大学的基础知识放到中学讲授。如苏联就将大学两年的数学微积分知识下放到普通中学来讲。这样不仅提高了将来从事各项工作的中学毕业生的数学知识水平，而且也为理工科大学学生腾出更多的时间攻读专业知识。（2）增加基础阶段的新课程。如美国在初中2—3年级就开设"探讨地球"课，讲地球及太空宇航方面的知识。这样就使学生从小对科技发展的时代脉搏不陌生。（3）开设多种学科和类型的选修课，使学生开阔眼界，丰富知识领域。如英国的中学在后3年时间内，学生有一半精力用于学选修课。（4）不断在原基础学科中增换最新的科研成果。这些措施都为促进综合性的各学科知识的传播发挥了重大作用，对我们有参考价值。

从我国的客观实际出发，未来教育的内部结构将有一些明显的变化。目前我国在财经、商业、法律、企业管理等方面文科人才奇缺，严重影响经济建设的发展。据有关方面统计，1965—1978年，全国工业企业增加1.2倍，税收任务增加1.8倍，但同期的税收干部只增加3.4％。全国财政专业急需工作人员，目前每年只能从高等和中等财经学校满足需要量的38％。有人统计，全国39万个工交企业和几十万个人民公社，如按每个单位需3—4名科学管理人员，全国就需要几百万之多。而我国现有高等教育的文理比例是远远不能满足要求的。1979年我国高等学校招收学生中文科占42.2％，理科占57.8％（英国1976年统计文科占66.3％，理科占33.3％；日本1974年统计文科占64.1％，理科占29.2％）。随着现代化的实现，逐步改变我国文、理科比例关系，培养大批国家急需的文科人才，将是未来教育的一个重要任务。

在未来教育中，教育体制，教学内容和方法，现代化教育手段……都会有相应的变化和发展，就不一一赘述了。

## 通向未来教育的途径

实现未来教育的理想，是一个长期而艰巨的历史任务，当然必须从现在做起。目前，教育战线已经出现不少令人鼓舞的情况。党中央对教育工作的极大关怀，教育经费的不断增加，教育研究和教学改革的大力进行，全体教育工作者的坚定决心和实干精神，都为通往未来教育奠定了坚实的路基。下面仅就几个最基本的方面作一初步探讨。

### 1. 大力加强教育科学的研究

教育，作为培养人的社会现象，在我国已有几千年的历史。自夏代以来，便有许多这方面的文字记载。但是，把教育作为一门科学来研究还是最近几十年的事。由于历史上的种种原因，我们至今没有自己的教育体系，也没有一本成熟的社会主义教育学。我们的教育专家、教育研究人员少得可怜。解放初期，我国原封不动地搬用了苏联凯洛夫的教育学。虽然今天对它不应全部否定，但其中许多内容并不切合我国的教育实际。在长期的运用中也没有加以必要的修正。从凯洛夫到现在，科学技术知识的总量已翻了好几番，而我们现在不少地方还是照着凯洛夫的老样子走路。近些年来，教育科研开展得轰轰烈烈，政府和民间学术团体都予以高度重视。大量知名的学者和科学家都参与进去，而且远远超越了国界，形成了世界性的教育研究的潮流。涌现了许多独具特色、自成体系的教育学和教育流派。而我们近十年来，由于"四人帮"的严重干扰、破坏，不仅对别国的研究成果一无所知，而且把原有的一点研究基础也丧失殆尽。我们必须正视我国教育研究严重落后的现状。

当前，建立一个全国性的、联系着上下左右的教育研究网和教育科研情报中心是迫在眉睫的重要任务。由国家投入较大的人力、物力、财力，建立起中央到省市地方的各级研究机构。各高等院校，各级教育部门也设置起相应的研究单位，统一规划，分工合作，互通情报，只有这样才能根本扭转教育研究的落后状态。我们一方面要总结我国几千年来传统的教育思想和经验，另一方面也要系统地研究外国近10—20年来的教育发展情况和教育科研动态。我们必须加强调查研究，引进技术，培训干部，扩大教育研究的项目。既对目前教育上存在的问题进行战术上的探讨，又要针对未来教育的特点进行战略上规划。没有一支强有力的教育科研队伍，没有一个联系实际的、行之有效的教育科研计划的实施，教育改革只能是一纸空谈。

## 2. 立足改革，允许和鼓励多种形式的教育改革的实验

目前，我国的教育现状处于相当落后的状态，如何办好社会主义教育事业也还处于摸索阶段。必须鼓励广大战斗在第一线的教育工作者，解放思想、立足改革，争做教育改革的促进派。我国9亿多人口中，有2亿多师生奋斗在教育第一线。他们之中不乏人才，最有实践经验，应极大地调动他们的主动性和积极性。从中央到地方，从高等院校到中小学，从幼儿园教

育到业余教育，大家群策群力，开展多种项目、多种形式的教育改革实验。诸如教育体制、教育结构、学制、课程设置、教材教法、招生和考试制度以及教育手段等，及时总结，认真推广，这样努力地搞上它5年、10年、20年，我们的教育面貌必然会有根本的改观。

### 3. 重视师范教育，不断有效地提高现有师资水平

教师是提高教育水平、搞好教育改革的关键。目前世界上许多国家对师资水平的要求是极其严格的。法国的中学教师必须持有"中等教育能力证书"，方可任教。而报考这一证书是很难的，必须具有硕士学位。考试合格者还需在地区教育中心受一年的教育学实践训练，才能正式取得教师头衔。一年应考者约46000人，录取者6500人，只占七分之一。日本很早就实行"教师许可证"制度。领取此证必须完成规定的学科与学分，经考试合格由各级教育委员会颁授。为了保证教师质量，还实行教师检定制度，教师升级必须经过都、道、府、县的严格考试。在日本报考小学教师，必须具有短期大学的教育程度。我国当前的师资水平是很低的。由于我国前些年人口控制的失调，入学人数的激增，又由于长期对师范教育的不够重视，再加上10年浩劫的严重恶果，师资缺乏现象极其严重。不少学校的教师是中学毕业教中学，小学毕业教小学，甚至出现初中毕业教高中的怪现象。长时期以来，广大教师的社会地位和经济地位不高，直接影响到师范院校的招生质量。所有这些都必须改变。

　　还必须看到，就是目前在学校担任教学骨干的中、老年教师也存在一个再学习、再提高的问题。对于新的知识、新的学科、新的科研成果必须有一些实际的了解，才可能取得教育上的主动权，使教学内容跟上科技发展的需要。重视师范教育、提高师资水平是实现未来教育的一个重要条件。另外，增加教育投资是搞好教育事业的必不可少的物质保证，没有这种保证，发展教育事业也只能是一种良好和迫切的愿望罢了。这就要求从中央到地方、从工厂到农村都应给予充分的重视和大力的支持。

　　（此文与李复威合作，原题《谈谈我国教育的现在及其将来》，载《现代化知识讲座》第7辑，科学普及出版社1982年4月出版）

# 对培养学生创新能力的一点认识

李岚清同志在今年第三次全国教育工作会议上的报告中深刻指出："我们正处于世纪之交的历史时期。世界经济的全球化和科学技术的迅猛发展，正日益深刻地改变着人类的生产和生活方式。以创新知识为基础的经济，标志着未来世界的一个重要发展方向。这使得知识和人才，民族素质和创新能力越来越成为综合国力的重要标志，成为推动或制约经济增长和社会发展的关键因素。谁能抓住历史机遇，加快培养创新人才和高素质的劳动者，提高全体人民的素质和国家创新能力，谁就能在未来激烈的竞争中赢得主动权，抢占国际竞争的制高点。否则，国家就会落后，落后就要受人欺侮，就要受制于人。这个道理在当今世界时时处处都可以得到证明。"

反思我们当今的教育及社会现状，有许多方面是不利于培养创新人才和高素质的劳动者的：

其一，以"应试教育"为核心的人才培养模式——它要求学生从小便学会通过层层考试而一步步登上"宝塔尖"；而学生能否登上"宝塔尖"又成了衡量学校质量与水平的唯一标准。于是各种教材为适应"应试教育"而编写，教师设置各种"套路"让学生钻，学生则从逼不得已到心甘情愿背着学习的重负往前爬行。这个延续多年的怪圈的形成是以牺牲创新能力和高素质的培养为代价的。可悲的是，无论教育者或被教育者都已由习以为常而变得麻木。

其二，"唯文凭论"的用人制度——用人参考文凭本是无可厚非的事，但以文凭为唯一的或最重要的录用标准则有失偏颇。因为"应试教育"模式所培养的人才，其学历一般是与能力脱钩的。如何将书本知识转化为实际工作能力，转化为现代社会所需要的多种能力（接收、组合与运用信息的能力，与人合作能力，创新能力……），需要一个漫长的反复训练与实践的过程；特别是创新能力的获得，既需要有创新意识与创新思维，又需要有创新技能与创新环境，甚至需要有激活其创新意识的诱因，这些都绝非一纸文凭所能显示的。而以"唯文凭论"用人的弊端，恰恰是扑灭了激活创新意识的诱因，支持了"应试教育"怪圈的延续。

其三，"望子成龙"的家教误区——在社会竞争激烈与独生子女政策可能还会延续半个世纪的今天，"望子成龙"的家长心态达到空前的普及率。希望子女有出息可以说是"天下父母心"，但问题出在"心太切"，常常自觉不自觉地"揠苗助长"，给本来已如牛负重的学童再加砝码，使其在喜获"丰收"的重负中泯没了最可宝贵的童心。据说孩童6岁左右想象力最丰富，这以后如注意保护其想象的空间，使其想象力能随着知识的增加而自由驰骋，将大大有助于他一生中创新能力的形成与发挥。而我们家教的内容常常是为孩童向重点学校冲刺准备粮草，或为之向天才之路飞奔搭梯架桥，这就势必冲淡了他们对周围生动世界的兴趣，缩小了他们的想象空间，给他们一生中创新能力的形成与发挥投下了难以抹去的阴影。

……

我们经常感叹：新中国成立50年了，一个12亿人口的大国，为什么没有一个诺贝尔奖获得者！？为什么出现不了比尔·盖茨！？

我们经常埋怨：生存的空间为什么这样狭小！？活得为什么这样累！？

我们或许可以从几十年教育的轨迹和社会生存环境里找到一些答案。

今天党和国家对必须深化教育改革，全面推进素质教育的认识来之不易。我们不能说教育的春天已经到来，但至少冻土已经裂开，透出地心的温热。为了培养出千百万具有创新能力和高素质的人才，我们需要做的事情实在是太多太多。来自传统势力、经济环境、市场需求等等方面的干扰将会模糊我们的视线，来自学生与家长的压力将会动摇我们的信心。最最重要的是在不易短期检测的条件下能否充分显示出教育的实绩。

在教育改革的大潮里，我们准备好了吗！？是想彻底推翻那些带着"应试教育"通行证的教学计划、教学大纲、教材模式，还是想在创建远程网络虚拟学校（教室）中大显身手？还是先换种思维方式，认真想想正在发生和即将发生的一切……

（1999年10月31日）

# 大家都来关心幼儿教育

幼儿是祖国的希望、民族的未来。今天的婴幼儿成长到二十一世纪，正是风华正茂的一代建设者。努力把他们培养成为体魄健壮、品德良好和智力发达的一代新人，是一项伟大的战略任务。为了切实把这件"百年树人"的大事做好，社会的各个方面都应该关心它，支持它。

建设一个现代化的社会主义强国，科学技术是关键，教育是培养人才的基础，幼儿教育则是基础的基础——这个基础打牢固了，初等、中等和高等教育才能办好，我们的事业方能后继有人，兴旺发达。目前，国家号召一对夫妇只生一个孩子，如何把孩子养好、教好，使他们的成长符合德、智、体、美全面发展的要求，就更具有其特殊的意义。

我们党一向重视幼儿教育。过去，在艰难的战争环境里，不少根据地便创办了保育院，采取各种措施保护儿童，并形成了幼教工作的许多优良传统；解放以后，政府为我国幼教事业的发展开辟了更加光辉的前景。自粉碎"四人帮"以后，尤其去年全国托幼工作会议以来，不仅恢复了原有的园所，而且略有发展，机关、厂矿的幼儿园除解决本单位职工子女入托外，还挖潜向社会开放，受到广大群众的欢迎。但也要看到：许多领导部门、社会行业、家庭成员对幼儿教育的重要性至今仍认识不足，关心太少；幼儿教育作为一门科学，还远远未被人们所了解和重视，以致教养无方，顾此失彼，教材、教具、玩具数量较少又缺乏教育意义，不适合儿童年龄特点等现象普遍存在。这些问题如不从思想上、行动上加以解决，势必严重妨碍祖国幼苗的茁壮成长。

实践告诉我们：只有教养并重，科学育人，才能培养好幼儿。自然，这就需要研究孩子们的生理和心理，懂得幼儿教育的规律，从幼儿生长的特点上来关心他们，为他们身心的发展创造各种有利的条件。幼儿大脑的发育十分迅速，进行早期教育不仅必要，而且有一定的物质基础。如果启蒙得当，幼儿将会受益一生。经验证明，一个好的故事，一幅好的图画，一首好的儿歌……有时能长久地留在孩子们的记忆里，甚至对他们成熟以后也有着积极的影响。我们除了注意幼儿的营养和保健，让幼儿养成良好的生活和锻炼习惯，从而不断增强他们的体质以外，还应采用生动活泼的形式，加强对幼儿品德的教育和智力的启迪——从小培养他们的"五爱"精神和美好情操，锻炼他们为成就未来事业所必需的意志；充分发挥他们观察事物、思考问题的主动性和创造性，开阔他们的视野，丰富他们的知识，从而促进他们形象思维和逻辑思维的正常发展。

最近《政府工作报告》中指出："要十分重视发展托儿所、

幼儿园，加强幼儿教育。"搞好幼儿教育，社会的各方面都有责任，而幼教科学必须先行。目前我国幼教专业队伍的力量还很薄弱，各地区的情况也很不平衡。这支队伍要主动向各级党委请示报告，争取党的领导和支持，不断壮大和加强自己的力量，迅速解决师资培训、教材、教法等现实问题；要与实际工作者密切配合，认真总结我国历史的，尤其是解放以来的保教工作经验（包括选先进保教工作者的经验，帮助他们把经验上升为理论），吸收外国幼教的先进经验，紧紧围绕着如何促进幼儿德、智、体全面发展这一中心主题搞试验、做文章，有步骤、有系统地开展幼教科学的专题研究，进一步探索幼儿教育的客观规律，创造出一套适合我国四化需要的幼教理论和措施来，使我们的科学研究能更有效地指导幼教实际工作的开展。而特别是今天大部分幼教工作者未曾受过专业训练，实践中不按科学教养的现象较多，更需要幼教科学工作者广泛地宣传幼儿教育工作的规律，普及幼儿教育科学，帮助他们早日成为又红又专的幼教工作的行家。

父母是婴幼儿最初接触的老师，家庭教育非常重要。家庭教育也必须兼顾德、智、体几个方面，才能有益于孩子的成长。有些父母只顾让孩子吃得好好的，长得胖胖的，溺爱有余而教育不足，娇惯了自私、任性、孤僻以及挑食、不爱劳动等坏毛病，结果身体也没长好；有些父母用打、骂、哄、骗、吓等错误的办法教育孩子，致使孩子的性格畸形发展，越教越难教；还有些父母盼子成龙心切，往往脱离孩子智力发展的实际，揠苗助长，到头来事与愿违，影响了孩子的身心健康。这些都是值得引以为戒的。在家庭教育中，难就难在对于正确教育的坚持性和家庭成员间的统一性，这正是每个家庭应该认真注意的。幼儿有极强的模仿力和可塑性，从出生时起便逐渐地接触环境、了解事物、学习生活，进而判断是非、形成习惯、发展个性。因此，幼儿所接触的任何人的举止言行，几乎都潜移默化地刺激和引导着他们的成长。从当前青少年中存在的严重问题来看，提高整个社会的道德风尚，对幼儿的成长是事关重大的。幼儿一旦染上了坏毛病，以后就很难纠正，有时甚至可能危害一生。

每个公民应从国家的长远利益出发，自觉成为幼儿的良师益友，以自己高尚的道德风尚来影响幼儿，使幼儿能在德、智、体、美几个方面得到更好地发展。

教育好幼儿是全体人民的共同意愿，让我们大家都来关心幼儿教育，让今天的幼儿能在温暖的祖国大家庭里茁壮成长！

（载《中国教育学会通讯》总第 1 期，笔名毓苗，1980 年）

# 艺术欣赏与人生修养

艺术是为人生的，——大凡真正的、经典的艺术，莫不是因感悟人生而创作，为沟通人生而面世。正如人生充满了真善美与假恶丑的矛盾，无论悲剧还是喜剧，艺术则始终在追求真善美的融合与统一，以美引真，以美导善。

艺术欣赏从本质上说，是通过美的欣赏，引导人们去追求真、善，摒弃虚伪与丑恶。它是潜移默化的过程，所谓"随风潜入夜，润物细无声"（杜甫《春夜喜雨》）。人们摆脱了任何功利目的，主动而非被动接受美的熏陶，发挥自己的想象力来丰富艺术作品的内容；但于不知不觉中，人们接受作品"美"的同时，也自然接受了它的"真""善"。久而久之，人们将艺术中的真、善、美境界融入现实生活，逐步产生了对人生超凡脱俗的新认识，从热爱艺术进而热爱自己的生活和人生。

欣赏者在对艺术长期欣赏的过程中，或许会渐渐感悟到现实的人生与艺术的人生何其相似，——它们都不乏优美与壮美，也都不断演绎出悲剧和喜剧……而在对艺术美的体验中欣赏者或许会惊异地发现，倘若用艺术的眼光看待人生，人生犹如一件艺术品，——它在不断被欣赏着，也不断被创造着、完善着，它在不断追求着真、善、美的艺术境界，人生也因此被赋予了崭新的意义。

艺术欣赏正是通过对艺术作品的欣赏来提高人生的境界，达至真、善、美的彼岸。作为人生修养的重要组成部分，艺术欣赏与人的一生相依为伴，如影随形，——它不仅伴随人生经历千沟万壑，给人们以心灵的抚慰和向上的鼓舞，而且不断开拓着人们的艺术视野和精神境界，引导人们跳出单纯追求物质生活的羁绊，用审美精神去对待人生，用审美情感去拥抱人生；让漫长的人生，无论顺境、逆境，都能从中获取精神力量，都能永远与美相伴。

人的一生在不同时期呈现出不同的景色。人自呱呱坠地，渐而有了意识，便开始了人生的旅程。孩提时代是在好奇中认识世界，在幻想中展示自我，那是春草芳菲；青年时期则是朝气蓬勃、充满希望，生命力处于最活跃状态，那是郁郁葱葱；壮年正值人生最后拼搏的时期，尝尽人间酸甜苦辣，那是姹紫嫣红；晚年将各种经验融入生活，于感悟人生、享受人生中进入精神升华，那是苍翠欲醉。人生好像一幅栩栩如生的绘画长卷，又如一出高潮迭起的戏剧，其间不乏动人心魄的色彩与情节。

若以乐观进取的处世态度书写人生，其人生最贴近艺术、贴近人的本性，也最是灿烂，自然也较少败笔。特别到了晚年，无论吟诗作画还是弄琴养花，做任何事情都是一种愉悦、一种艺术享受，有道是"夕阳无限好，妙在近黄昏"。而艺术欣赏正是在你多彩的生活中，悄然走进你的人生，春风化雨般提高着你的人生境界，又仿佛把你的生命与永恒无限浑然一体，为你的人生增添儿分绚丽。

因此，艺术应成为人生不可或缺的部分，艺术修养说到底便是一种人生修养。从某种意义上说，艺术欣赏就是欣赏者对自己人生和生命的欣赏。贝多芬《第五交响曲（命运）》那震撼性的旋律，会激励我们坚毅不屈，向厄运挑战，为实现美好理想而奋斗不息；罗丹的雕塑《思想者》会把我们引到对人类的命运和人生道路的深深思索中；达·芬奇的《蒙娜丽莎》会使我们对平和与无欲产生向往；北京紫禁城会让我们从恢宏的气势中悟出丰富而精微的哲理，而苏州园林则会让我们从"虽由人作，宛自天开"的境界中体会到人与自然的亲近和谐……在艺术欣赏的过程中，欣赏者不难发现自己的人生轨迹，以及自己的审美趋向和精神认同。显然，欣赏者的人生修养将在艺术欣赏中得到极大充实，其人生境界也将在艺术欣赏中得到无限升华。

（此文与杨辛先生合作，为《艺术欣赏教程》引论中之一节，北京大学出版社2008年出版；另载《人民日报·海外版》，2008年5月1日）

学术篇

# 苏轼的词风

作品的风格特征是区别作家的重要标志。法国布封说："风格即人。"我国自古也有"文如其人"之说。尽管某些作家的两重人格曾导致人格与风格的背离，尽管风格的形成也有所师法和传承，但作为文学创作中带有综合性的总体特点的风格，其最有价值的那具有独创性的部分，莫不是作家的主观因素（如世界观、个人经历、禀赋、气质、学识等），与客观因素（如作品的题材，作家所处的时代条件与历史环境等），以及创作的体裁、语言、艺术方法、写作技巧等诸形式方面的因素交互作用的结果。

苏轼词作的风格向以豪放著称。这位家学渊源，才华横溢，思想上以儒学为主体又兼容佛老，政治上具有辅君治国、经世济民的理想却又磨难常随的大师，在文学艺术方面力倡革新独创，所谓"出新意于法度之中，寄妙理于豪放之外"（《书吴道子画后》）。他对当时词坛上盛行的以香软为特征的"柳七郎（柳永）风味"很是不满，追求开创一种能使"壮士抵掌顿足而歌之，吹笛击鼓以为节"（《与鲜于子骏书》）的新风格，这就是首先在《江城子》（老夫聊发少年狂）中所崭露的豪放风格。这首词以劲拔的笔力刻画英姿勃发的人物形象，寄托自己杀敌报国的壮志豪情，成了词界"一洗万古凡马空"（杜甫《丹青引赠曹将军霸》）的第一枝报春花。如果说这首词主要以威武雄壮的场面与慷慨豪迈的气势突出了"豪放"特点的话，那么同是被贬密州时所作的《水调歌头》（明月几时有），则以其洒脱超逸的格调，宏阔飞动的意境，豁达乐观的情怀，透出了"豪放"的本色，真是"一洗绮罗香泽之态，摆脱绸缪宛转之度，使人登高远望，举首高歌，而逸怀浩气，超然乎尘垢之外"（胡寅《酒边词序》）。至于那首被公认为苏轼豪放词风代表作的《念奴娇》（大江东去），却着眼于古今的撞击，以雄阔的奇景，豪杰的壮举，奔纵的感情，磅礴的语言，以及大开大阖的感情，谱成了"须关西大汉执铁绰板"来高歌的绝唱。这些词的内容和表现特点差异甚显，但都从不同角度体现出风格的一致性。

当然，由于题材及创作背景的变化，苏轼词的风格在一致中也展示出多样性。如农村词《浣溪沙》（簌簌衣巾落枣花）清新隽秀，咏物词《水龙吟》（似花还似非花）幽怨缠绵，悼亡词《江城子》（十年生死两茫茫）情深意切，风情词《蝶恋花》（花褪残红青杏小）妩媚动人，等等。正是："无数新声传妙绪，不徒铁板大江东。"（启功《论词绝句》）

（载《中国电大报》1992年1月3日，笔名夏梦）

# 辛弃疾词的艺术特色

辛弃疾的词作在传统艺术的基础上大胆创新，进一步发展了苏轼所开创的豪放词风及"以诗为词"，将诗歌、散文、辞赋等多种文学形式的特点融汇于词，丰富了词的表现手法与语言技巧，形成了独有的艺术特色。

首先是辛词一般具有一种宏阔的意境。作者所特具的英雄的胸襟，常常使其词作的境界不同凡响。与他的政治抱负和战斗经历紧紧相连，作品中每每出现阔大的场景和飞动的气势。如《太常引》（一轮秋影转金波）一词，超迈的气概灌注其间，令人感到作者的浩气与宇宙同在。"乘风好去，长空万里，直下看山河。斫去桂婆娑，人道是清光更多。"现出作者铲除主降势力，光复祖国河山的宏图大略。同时，作者以瑰丽的想象创造了极为宏阔的境界。

其次，在表现方法上，一方面注意以传统的比兴来曲折表现百折不回的战斗精神。如《鹧鸪天》（陌上柔桑破嫩芽）一词，以飘零的桃李与怒放的荠菜花对举，表现自己对农村生活的热爱和对南宋统治集团的厌恶；再如《摸鱼儿》（更能消几番风雨）托儿女之情写君臣之事，隐微曲折地表达忧虑国运、壮志难酬的激愤之情，真是"肝肠似火，色貌如花"（夏承焘语）。另一方面，又恰切地运用大量典故以古喻今，加强词的表达力。如《鹧鸪天》（枕簟溪堂冷欲秋）一词中，"书咄咄，且休休，一丘一壑也风流"这三句一句一典，含而不露，深刻表达了词人对无端被弹劾免职的愤懑和牢骚。

第三，在语言技巧方面，辛词不仅采用古近体诗的句法，而且吸收散文、骈文、辞赋、民间口语及经书上的句子，所谓"驱使庄、骚、经、史，无一点斧凿痕，笔力甚峭"（楼敬思《词林纪事》）。如《踏莎行》（进退存亡）全用四书五经中的成句写得，却毫无捏合之痕。

最后，辛词的风格豪放而谐音律，寓"雄心高调"于传统词风的"温婉"之中，独成豪雄悲郁的格调。此格调即清人谭献所说的"潜气内转"（有别于苏轼词风之"横放杰出"），表现为一种悲壮苍凉、沉郁顿挫之美。如《水龙吟》（举头西北浮云）写得奇幻苍劲，曲折道出作者渴望报国，而又忧谗畏讥的复杂心情。全词在惊心动魄的境界中，既跳动着虎虎生气，又笼罩着婉曲盘旋的悲郁色彩。辛词以苍凉、雄奇、沉郁为主调，却又不拘一格，有的慷慨激昂，有的含蓄婉转，有的清新明媚，体现出刚柔相济的特点。

（载《中国电大报》1992年1月3日第2版）

# 王维山水诗的画意

每当提及王维的山水诗画，人们很容易想起苏东坡的一段著名评论："味摩诘之诗，诗中有画；观摩诘之画，画中有诗。"（《书摩诘蓝田烟雨图》）王维的诗画既然已密切到水乳不分的程度，那么论其诗先论其画，或诗画互证，便是顺理成章的事情了。

据有关文献记载，中国的山水画是先有设色，后有水墨；设色画中又先有重色，后来才有淡彩。明代董其昌《画旨》奉王维为南宗之祖，认为他是水墨山水的开创者。今人王伯敏所著《中国绘画史》对此提出质疑，并以为王维画博采众长，表现方法亦兼有两派：一是接近所谓北宗李思训，即"笔墨婉丽"、设色"深重"的山水画法；另一才是"笔意清润"或"笔迹劲爽"的"破墨山水"。关于"破墨"，伍蠡甫先生指出："它是强调墨的光彩，反对死墨，要用活墨，在笔的统摄下，做到笔墨互济，以增强艺术形象的神采，更好地反映画家的情思、意境。"并将"破墨"法与"墨法"等同看待。(见《中国画论研究》)因此,"破墨"不仅是不设色,以墨代彩而已;更重要的是,它强调善于用墨,善于突出形象,表现情思和意境。这同王维"水墨为上",及"凡画山水,意在笔先"的观点是丝丝相扣的。(见托名王维所作《山水论》)我们可以说,破墨画法似乎更近于王维多数山水诗的作法特点。

破墨画法融会在王维的山水诗中,使其兼具水墨画与写意画的特征。其一是水墨画特征。它相对于金碧、青绿、浅绛等着色山水而言,是单纯而自然的。它取墨代替五彩,在描写山水时不重辞藻的华美,而是以白描手法,以极简洁的笔触勾勒一个轮廓,一幅画面,表现一个意境,给人以浑然一体的印象,并在山水中表现诗人的性格。如《汉江临眺》不写山色是青是紫,是浓是淡,只说其若有若无。这里没有形容的词语,没有任何的渲染,而是以总体上把握景物的本色,传达自己最真切的感受及流连忘返的情绪。全诗通过虚实的交错,意象的超远,生动呈现出江南雾霞笼罩中的远山近水,产生了"如兼五彩"的艺术效果。

其二是写意画特征。它相对于以用笔工整、细密为其特点的工笔画而言,除了用笔简练概括而外,还着重于描绘物象的意态神韵。唐寅曾说:"工笔画如楷书,写意画如草圣(一作隶)。"比喻极当。如王维《使至塞上》中"大漠孤烟直,长河落日圆"两句,便很好地表现了边塞沙漠景色的意态和神韵。"直"字让人想象到字句外的苍天黄云,"圆"字让人觉得落日像车轮似的滚入长河的尽头。色彩鲜明，境界宏阔，构图简洁且富于动感，画意十分浓重。

（载《中国电大报》1991年12月20日第3版）

# 李白诗歌中的意象

　　诗歌形象的个性化和诗歌意象的超越现实，是李白诗歌浪漫主义艺术特点的突出表现。在这里，"形象"是姑且当作"意象"来使用的。

　　"意象"一词中"意"与"象"作为单独的两个概念的使用，可以追溯到《周易·系辞》；而将其熔铸成一个完整的审美范畴，最早则见于《文心雕龙·神思》："然后使玄解之宰，寻声律而定墨；独照之匠，窥意象而运斤。"此后，这个概念多运用于诗歌评论领域，又逐渐扩大到更广义的文学以及艺术领域；但对其内涵的理解却很不一致，至今仍然众说纷纭。如周振甫释为"想象中的形象"（《文心雕龙选译》）；殷杰认为是"融合了作者的思想感情的语言艺术形象"（《中国古代文学审美理论鉴识》）；杨辛、甘霖则认为"艺术家头脑中形成的艺术形象的'蓝图'"，是"胸中之竹"（《美学原理》）；而敏泽《中国古典意象论》一文，全面阐述了"意象"概念发生、发展的过程，对其内涵作了近似于"意境"的解释。

《中国文学史纲要》第二册里多次以"意象"而不以"形象"来评论诗歌（前述以"形象"当"意象"使用为特例），原因是文学理论中作为外来词语的文学形象，通常运用于戏剧、小说领域，而且多指其人物形象，不如"意象"更贴近于评论对象。况且，这样也增加了一些讲述艺术手段的方法。根据《纲要》中"意象"的使用情况，《中国古代文学学习指导》中册已对其内涵作了明确的解释，即"指作品中一个个融会着作家心志的物象——它们分别在作品中发挥着特殊的功能，或比喻，或象征，或寄托……这些意象的生命力在于作家的独特探索，一旦它有了固定的意义而被继承下来，它也就僵死了"。

袁行霈《中国诗歌艺术研究》指出：李白在诗歌中以不受束缚、任意翱翔的大鹏自喻，以皎洁的月亮象征自己所追求的光明，"大鹏"与"明月"这两个意象都寄托着诗人的理想。另如奔腾咆哮的江河，峥嵘挺拔的山峰，九天跌落的瀑布，也都是李白山水诗中创造的独具特色的意象。围绕"仙与酒""侠与剑"所构想的意象群，在李诗中且表现了诗人超尘绝俗的气概与积极奋发的情怀。上述意象莫不富于个性特征和超越现实的精神，而这些意象群的建立，又都极好地体现出李白诗歌飘逸不群的风格。

（载《中国电大报》1991年12月27日第2版）

# 中唐对牡丹颜色厚此薄彼

花色与时尚，关系至为密切。

"牡丹，花之富贵者也。"岂不知，只因花色不同，牡丹并不都是那么"富贵"的。

白居易《买花》诗云："灼灼百朵红，戋戋五束素"，"一丛深色花，十户中人赋"，买一丛开了百来朵花的红牡丹，竟需付出二十五匹帛，即相当于十户中等人家的赋税！如此昂贵的价格，那些达官贵人仍然狂热地争相购买，"家家习为俗，人人迷不悟"。难道深色牡丹在当时特别珍奇么？

恰恰相反，在诗人所处的唐代，真正少见的是白牡丹。《酉阳杂俎》上记载："开元末，裴士淹为郎官，奉使幽、冀回，至汾州众香寺，得白牡丹一窠（棵），植于长安私第。天宝中，为都下奇赏。"有趣的是白牡丹虽然珍奇，却并不珍贵，它可供时人"奇赏"，却并不为时人所看重。即使在它最初引进长安之时，也未能被众人赏识。此后不久，李白在《清平调》三首里，以"一枝红艳露凝香"比喻天香国色的杨贵妃，也似乎忘却了白牡丹的存在。

白牡丹所遭到的奚落还远不止于此。白居易竟在两首题为《白牡丹》的诗中写道："白花冷澹无人爱，亦占芳名道牡丹。""素华人不顾，亦占牡丹名。"

深色牡丹与白色牡丹在人们心目中的迥然不同的地位，实为当时时尚。

（载《花卉报》1985年8月，笔名泰玄）

# 秀句天成情思绵邈

## ——李清照《一剪梅》赏析

  李清照的《一剪梅》写于何时？写的什么？历来有不同看法。伊士珍《琅嬛记》载："易安结缡（婚）未久，明诚即负笈远游。易安殊不忍别，觅锦帕书《一剪梅》词以送之。"《诗词杂俎》里《漱玉词》《本事词》《词林纪事》，以及今人胡云翼选注的《宋词选》均引有此则。宋徽宗建中靖国元年（1101年），李清照与赵明诚结为夫妻，时词人十八岁。按伊说，这首词当写于此后不久。然王学初《李清照集校注》却云："清照适赵明诚时，两家俱在东京，明诚正为太学生，无负笈远游事，此则所云，显非事实……《琅嬛记》乃伪书，不足据。"此词的写作时间则成了悬案。关于《琅嬛记》的真伪，本文姑且不论。但这首词大致写于何时，则不可不有个起码的估计。查赵明诚与李清照新婚时，正为太学的学生，似不可辍学"负笈远游"。但过了两年，赵即出仕。出仕之地今不可考。又过了两年，赵授鸿胪少卿，掌朝祭礼仪之事，至崇宁五年丙戌（1106年）赵因父丧去官，与清照屏居乡里青州数年，此间亦不可出游。而《金石录·后序》上明明说："后二年（指婚后二年），出仕宦，便有饭蔬衣练，穷遐方绝域，尽天下古文奇字之志。"可见明诚为遍收天下古文奇字，确有远游之举。明诚并非科举出身，乃以荫出仕，忖计最初不过是任某地方的闲官，因此完全有可能借职或告假出游的。再者，以清照这首词中对丈夫思念的深切来看，明诚的此次出游绝非短别。而与清照三十八岁时自青州赴莱州所作的《蝶恋花》（暖雨晴风初破冻）相比，这首词的感情显然要单纯得多，没有经遭世间波折后的那种孤郁之气，可肯定它是前期之作。因此，我们似可推断这首词写于词人婚后二年至四年之间，更确切些说，当写于1103年或1104年的秋天（因1105年初明诚即授鸿胪少卿）。

古代许多诗人借登临以遣怀，作者亦假乘舟而排忧。五代词人李煜曾以江水喻愁："问君能有几多愁？恰似一江春水向东流！"（《虞美人·春花秋月何时了》）而后来更多的词人则常道以舟载愁，双收隐喻与夸张之妙。如苏轼词云："只载一船离恨向西州"，张元干词云："载取暮愁归去"。李清照也说："只恐双溪舴艋舟，载不动、许多愁。"这几乎成了古代诗词中的一种特定的意象，用以表现浓重的、绵延不绝的愁绪，而又往往与别情相关。李清照之"独上兰舟"，与这种意象是直接联系着的，只是她在这里不是明说"载愁"，而是希望兰舟能载下自己众多的愁绪，其结果呢？"此情无计可消除，才下眉头，却上心头。"还是载不动。愁什么呢？从全词观之，自然是对自己丈夫的思念。借乘舟遣愁，表现对丈夫的深切思念，便是这首词的主题。

词的上阕，写作者乘舟游玩，见大雁南飞，勾起对丈夫的无限思念。大意是：当荷花纷纷凋零的时候，我轻轻地解开绸裙，暗自划着小船游玩，那船上铺设的精美的竹席，已透出一丝凉意。此刻只见天上的大雁排着整齐的字形往南飞去，它们曾给我捎来过爱人的书信，等到它们再捎上爱人的书信归来，我不知要在洒满月光的西楼中盼望多少时日！

上阕共六句，分两层意思。前三句是一层意思：写"独上兰舟"，点出秋意。由秋意而带出一种凄凉感，这种凄凉感笼罩着全诗。首句"红藕香残玉簟秋"，俞平伯先生指出："此句似倒装，即下文'兰舟'的形容语。船上盖亦有枕簟的铺设。若释为一般的室内光景，则下文'轻解罗裳，独上兰舟'，即颇觉突兀。"（《唐宋词选释》中卷）这句贵在意多而词浅。它既写了景，又道了情。作者写景，一句带出两物：一是"红藕"，一是"玉簟"，又紧紧同下文的"兰舟"相挂——有红藕（即荷花）必有流水，有流水则可载舟，而"玉簟"即兰舟之设物。况周颐《蕙风词话》云："词贵意多。一句之中，意亦忌复。如七字一句，上四是形容月，下三勿再说月。或另作推宕，或侧面衬托，或转进一层，皆可。"此句是"推宕""衬托""转进一层"兼而有之。此句的妙处还在于，作者分别以视觉、嗅觉、触觉三个方面来写景，从总体上绘出深秋这个时令的特征，并与下文的"独"字融汇成一种孤凄的意象。如此丰富的内容，道出来却平淡如话、自然洒脱，没有丝毫堆砌与雕琢痕迹。清代梁绍壬《两般秋雨庵随笔》说这句"便有吞梅嚼雪，不食人间烟火气象，其实寻常不经意语也"。陈延焯《白雨斋词话》说它"精秀特绝"，都是中肯的评论。作者以景的萧疏烘托情的寂寞，为正题的进入制造出一种冷漠的氛围。接下两句转入正题："轻解罗裳，独上兰舟。"表面写的是乘舟游玩，但实际并不那么欢快——是一位风流蕴藉的少妇思念丈夫、排遣愁绪的特殊之举，在深沉的寂寞中略带几分娇羞，在淡淡的愁绪中蕴含着热烈的期待。

后三句又是一层意思：写由雁行而勾起的无限相思，直接揭出"愁"的实际内容。这里巧妙地运用了鸿雁传书的传说。第一句触景生情："云中谁寄锦书来？"举目望见大雁腾云南飞，油然引起幸福的回忆。句中"谁"，即指作者的丈夫赵明诚。正是大雁捎来了他充满情爱的书信。在这里，大雁不仅有传书之功，而且有传情之恩了。大雁成了作者幸福的象征。对丈夫的依恋之情，正表现为对大雁的亲切、感激之意。本句用反问句式，在活泼中现出亲切与依恋。这是先扬后抑的手法。接着笔锋一转："雁字回时，月满西楼。"由回忆而转入设想，由欣慰而转入愁思。正因为大雁能传递书信，此次大雁南去，归来又得数月，岂不耽误了传情送意的日程！字里行间，透露出一种莫名的幽怨。这幽怨既不是冲着大雁的，也不是冲着丈夫的。因为大雁的归期无法改变，而丈夫也苦于无计传书，这幽怨只是来自作者对丈夫思念之深、之切，尽管常有书信来往，还是嫌太少、太慢，无以解脱满腹的恋情。"月满西楼"，浓浓一笔，恰到好处地渲染了她日夜翘首盼锦书的缠绵情状。

如果说词的上阕主要是写景、叙事的话，那么词的下阕则更侧重于抒情，进一步抒写自己因思念丈夫而无计摆脱的愁绪。大意是：残荷片片，只是随着江流飘零而去，可我和他彼此牵挂，都在为相思而愁苦。这种相思之情无限深长，无法排遣，皱着的眉头方才舒展开来，却又一股脑涌上了心头。

这下阕仍分两层意思。前三句写落花无情而人有情，点出两心相印，彼此都在为相思而愁苦不绝。首句"花自飘零水自流"，直承"红藕香残"与"兰舟"。两个"自"字，状出落红与流水的没有知感，它们并不为自己的飘零或流逝而悲伤，即不为离别而愁苦，借以反衬自己与丈夫的彼此"相思"与"闲愁"。这又是先抑后扬的手法。"一种相思，两处闲愁。"转得十分自然。这两句，利用数量的对比、映衬，把热恋着的双方，同一种相思，同一种温热，同一种愁苦，概括得精当动人，可谓画龙点睛之笔。意到此处，本可作结。但清照更高人一筹，依势带出最末三句，进一步描绘"闲愁"之深，以至于怎么也摆脱不掉："此情无计可消除，才下眉头，却上心头。"第一句说明，作者曾试图减轻一些相思之苦（这正好与"独上兰舟"照应），可是反而使其更加浓重，故有"无计"之叹。接下两句，便是对它的生动证明。作者捕捉到了一位多情女子在相思的愁苦中，欲脱不能、似脱非脱的那一刹那表情，以及起伏不定的心理活动，用寥寥八个字便形象绘出，真是余味无穷。这八个字又对全篇的主题思想作了很好的总结和引申，真是"剪不断，理还乱"。作词起结最难，而易安词每每以起结见长，道他人之不能道。

这首词集中写相思之苦，但它又有别于单方的追求，或少女初恋时的那种情绪。这是在更深一层的寂寞愁苦之中，饱含着心心相印的幸福感，它是实实在在、真真切切的，没有任何幻觉或猜疑，但又像初恋那样热烈而执着。李清照被列为婉约派词人，但她的词风却香而不软，尽管不少缠绵悱恻，但又贯穿着这位才女所特具的豪放之气。她主张词"别是一家"，强调典雅和情致。这首词起合高妙，承转自然，屡见波澜，而又意境一新。语言既清丽典雅，又精粹飘逸，显示出这位女词人出类拔萃的才华。

（1993年8月于北京）

# 《兰亭集序》讲析

本文选自《晋书·王羲之传》。作者王羲之（321—379年），字逸少，琅琊临沂（今属山东）人。出身贵族，官至右军将军，会稽内史，世称"王右军"①。因与王述不和辞官，定居会稽山阴。王羲之是东晋书法大家，其书备精诸体，尤擅正、行，兼采各家体势之长，一变汉魏以来质朴的书风，成为妍美流便的新体，为历代学书者所崇尚。他性格耿直，胸襟豁达，喜游山水，又富有爱国思想，亦擅长诗文，加之出众的才华，颇为时人所敬重。

《兰亭集序》写于作者任会稽内史之时。那有名的"会稽山阴之兰亭"，坐落在现今绍兴市西南十四公里的兰渚山

---

① 魏晋南北朝时期，由于动乱频繁，军事占有首要地位，身任要职的人多半带有将军的称号，并不一定实际统兵。所谓"右军将军"便是这样一个虚设的官衔；王羲之的实际职务是会稽内史。会稽，古代郡名，包括现今江苏、浙江一带地区，治所在山阴县（即今浙江绍兴）。内史，官名，在魏晋南北朝相当于郡守，即一个郡的行政长官。

下。晋穆帝永和九年（353年）三月三日，王羲之与当时名
士谢安、孙绰等四十一人在兰亭宴集，共度修禊日，大家临
流赋诗，尽抒怀抱。事后，作者为《兰亭会诗集》写了这篇
序义，概括记叙了兰亭宴集的盛况，抒发了与会诸人及自己
的观感。

本文共分三个自然段。第一自然段的段意是：交代兰亭盛
会的有关情况，描述兰亭周围的环境、与会者的活动和心情。
这段可分为三个层次：

开头七句是第一个层次。原文是："永和九年，岁在癸
丑，暮春之初，会于会稽山阴之兰亭，修禊事也。群贤毕至，
少长咸集。"

岁：年。岁在：这年属于。癸丑：即癸丑年。古代用十天
干（甲乙丙丁戊己庚辛壬癸）和十二地支（子丑寅卯辰巳午未
申酉戌亥）相配，即甲子、乙丑……再次轮到甲与子相合，需
经六十次。古人以此纪年、月、日。这里是用干支纪年。暮春：
指春季的最后一个月，即农历三月。会稽山阴：见注①。会稽
的"会"，有两个读音，新《辞海》标为"guì"（贵）；新《辞
源》及《古文观止》标为"kuǎi"（脍）。查《史记·夏本纪》
云："会稽者，会计也。"又据裴骃《史记集解》的解释，位于
山阴县城南的会稽山，原名苗山，后因大禹登山给诸侯们记功
封爵，遂更名会稽山。因此"会稽"含有"会计"的意思，也
谐音。似取后一种读音为当。修禊（xì细）：古代民俗于农历三
月上旬的巳日（魏以后固定为三月初三），到水边嬉游采兰，以
驱除不祥，称为修禊。禊，祓（fú扶）祭，即除灾求福的祭礼。

后来这种习俗的内容已变成纯粹游春的一类活动。

也：表示判断的语助词。群贤：此指谢安、孙绰等人。贤，有道德、有才能的人。少：指王家子弟，如作者的儿子王凝之、王徽之等人。长：指作者自己和其他年长的人。作者不便自称为贤。毕、咸：副词，都。

这几句是说：永和九年，这年是癸丑年，春三月的头几天，为修禊一事在会稽郡山阴县的兰亭集会，许多贤能之士都如约到达，年长年少的全来相聚了。短短几句，写了兰亭聚会的时间、地点、缘由及到会的情形。

接下九句，转入第二个层次。我们看原文："此地有崇山峻岭，茂林修竹，又有清流激湍，映带左右，引以为流觞曲水，列坐其次，虽无丝竹管弦之盛，一觞一咏，亦足以畅叙幽情。"修：长（与"修禊"的"修"意义不同）。激湍：迅猛的急流。映带：形容景物相互映衬、彼此相连，构成富有情致的整体。左右：这里指兰亭的周围。引：导。以：此。这里代指"清流激湍"。流觞曲水：古人修禊之事的主要活动，即在农历三月初三这天，并出水渚，为流觞曲水之饮。与会者列于曲水之旁，流觞于水之上游，任其依流而下，止则取而饮之，谓之流觞。因是在水滨宴乐，故又称曲水。觞，本意作酒杯解，名词，"流觞"即"流杯"。（下文"一觞一咏"的"觞"，则是"觞"的引申义，当进酒、劝饮讲）。曲水，引水环曲为渠，以便流杯。列坐：指摆陈坐席于水滨。列，陈，布。次：泛指所在之处。盛：盛大，引申为热闹。咏：声调抑扬顿挫地诵、唱，此指吟诗。幽情：深情。

　　这九句是说：这里有高大的青山，茂密的树林，修长的翠竹；又有清澈的流水，奔腾的急流。它们环绕着兰亭相映成趣。把水流引来流杯，在水滨铺上坐席，虽然见不到急管繁弦的热闹场景，可是喝杯酒，吟首诗，也足可以畅快地叙出内心的深情啊！这一层的大意可归纳为：集中描绘兰亭周围美好的自然环境和与会者流觞游乐的情景。

　　最后八句是这段的第三个层次。请看原文："是日也，天朗气清，惠风和畅。仰观宇宙之大，俯察品类之盛，所以游目骋怀，足以极视听之娱，信可乐也。"

　　所以：这里有"用此来"的意思，与白话文中"因为……所以"的"所以"不同。游目：纵目随意观览。骋怀：开畅胸怀。极：尽，此指尽情享受。信：副词，诚然，实在。

　　这八句是说：这天天朗气清，春风和煦。仰望宇宙的广大，俯视万物的繁盛，以此来开阔视野，舒展胸怀，足以享受耳目所及的乐趣，这实在是值得高兴的。这一层是描述聚会当天的天气及与会者的心境。

　　第二个自然段的段意是：作者即兴抒怀，感慨人生短暂，盛事不常。它有两层意思：

　　从开头到"感慨系之矣"是第一个层次。让我们看原文："夫人之相与，俯仰一世。或取诸怀抱，晤言一室之内；或因寄所托，放浪形骸之外。虽取舍万殊，静躁不同，当其欣于所遇，暂得于己，快然自足，曾不知老之将至。及其所之既倦，情随事迁，感慨系之矣。"

　　夫：发语词，用在议论句的开头，无实际意思。相与：交往。这里既指一个人同人们交往，也指一个人同自然界交往。诸：之于。晤言：相对谈心。后面省略介词"于"。因寄所托：有所寄托，如寄情山水等。

放浪：放荡不羁。后面也省略介词"于"。形骸之外：形体之外。此处着重指形体之外的自然界。舍：指志趣的选择。万殊：千差万别。殊，异。静躁：此指性格。躁，动。得：得到，达到目的。快然：称心的样子。之：这里是动词，有"到达"的意思。系：附着，随着。

以上诸句的大意是：一个人同客观外界交往，俯仰之间，便度过了一生。（在处世态度上）有的人是披露自己的胸襟怀抱，在室内（同知好）促膝谈心；有的人则是另有所托，在大自然中自由放任。虽然他们的志趣不一，各人好静好动的性情不同，但当他们对所遇到的事情感到欢欣，自己暂时得到了乐趣，也就心满意足，不觉老年即将到来。等他对那些所向往的感到厌倦，情因事之变化而变化，就不免感慨系之了。这一层是紧承上一段"信可乐也"，论述在人的一生中总难免有"欣于所遇"的快慰和"情随事迁"的感慨。

从"向之所欣"到这段结束是第二个层次：

"向之所欣，俯仰之间，已为陈迹，犹不能不以之兴怀，况修短随化，终期于尽。古人云：'死生亦大矣。'岂不痛哉？"向：过去。陈迹：旧迹。以：因。兴：引起。修短：此指寿命的长短。

这几句是说：从前感到欣喜的事，转瞬之间，已成为过去，（人们对此）尚且不能不产生感触；更何况人的寿命长短听凭自然规律，终不免于结束。古人说："生死也是一件大事。"岂不令人悲伤啊！这几句是进一步慨叹人对"修短随化，终期于尽"的莫可奈何。

本文的最后一个自然段，是说明作者写这篇序文的原因。请看原文："每览昔人兴感之由，若合一契，未尝不临文嗟悼，不能喻之于怀。固知一死生为虚诞，齐彭殇为妄作。后之视今，亦犹今之视昔，悲夫！故列叙时人，录其所述。虽世殊事异，所以兴怀，其致一也。后之览者，亦将有感于斯文。"

契：符契，即符节。古代朝廷用作凭证的信物。符以竹、木或金属为之，上书文字，剖分为两半，各执其一，使用时以两片相合为验。临文：面对文章。嗟悼：感叹悲伤。喻：解，释（放下）。固：这里相当于"乃"，有"于是"的意思。虚诞：虚假荒诞的说法。妄作：妄造，胡说。夫：用于句尾表感叹的助词。斯文：指本文。斯，指示代词，此。

这段的大意是：（我）常常观察古人兴发感慨的因由，发现它们像符契那样相合于一，（因此）未尝不面对这样的文章叹息，心里又不能把所嗟悼的事放开。于是（这才）知道所谓生死如一、寿夭等同的说法，是虚假荒诞的。后世的人看今天的人和事，正如今天的人看过去的人和事，（皆是往事陈迹。）多么令人悲伤啊！因此（我）一一记下现时与会的人，录下他们所咏的诗歌，（将来）即使时代不同，世事变化，但借此而引起感怀的情趣是差不多的。后世的读者，也将会因这篇文章而有所感受。这段说明：既然古人不能不为常情所束缚，作者也只能够撰文来供后人"兴怀"。

以上是对全文做了串讲。

作者王羲之是东晋杰出的书法家，也是我国历史上著名的书法家，尤以行书见长。他曾将《兰亭集序》用行书写成，其笔势遒劲，成为有名的《兰亭帖》，也叫《禊帖》。但法帖相传之本的真迹，已随唐太宗殉葬，现存的均为摹本。《兰亭集序》的"序"，是古代的一种文体，最先出现于《诗经》的《大序》。"序"就是序言，是介绍评述一部著作或一篇文章的文字。明代吴讷《文章辨体序说》写道："大抵序事之文，以次第其语，善叙事理为上。"是说这类体裁的文字，很讲究结构层次，以长于叙述事情和说明道理的为上乘。《兰亭集序》是王羲之为《兰亭会诗集》所写的序文。

全文三个自然段，实际是两大部分：第一自然段记叙兰亭会诗产生的经过、情状，是本文的叙事部分；第二、三自然段从对兰亭诗会的感受，引出作序的缘由，是本文的议论部分。对这部分文字的真伪，有不同的意见。郭沫若同志曾认为这后一部分在"虽世殊事异"之前的文字，为隋唐人所伪托。主要理由是：它的书体和近年出土的东晋王氏墓志有别；它的内容情调消极悲观，而王羲之性格倔强自负，"以忧国忧民的志士自居"，不可能为之。但也有不同意这种说法的。争论的情况，同学们如感兴趣，可参看文物出版社编纂的《兰亭论辩》一书，这里就不多作介绍。而传统上，则认为前后同属于一篇文章。就文章本身来看，尽管前后两部分可以独立成章，但两部分却浑然一体，在结构上有着紧密的联系。前部分记叙兰亭聚会、临流赋诗的情景，集中在一个"乐"字上着笔；后部分由"欣于所遇""快然自足"，带入"向之所欣，俯仰之间，已为陈迹"的感叹，进而论及生死问题，围绕着一个"悲"字发挥，前后衔接得十分自然。前部分把"乐"写得愈加畅快，值得留恋；那么后部分因"乐"转瞬即逝而产生的"悲"也就显得愈加深沉，感人肺腑。以文章结构上的巨大起伏来渲染作者感情上的强烈波澜，正是这篇文章布局的精妙处。

至于后部分文字的内容情调，与作者本人的思想、性格是否有矛盾的问题，我想对这一点应辩证地看待。我们评论作家的某种思想倾向，恐怕应指其总的思想倾向。因此，既不能简单地由一篇文章而论定人，也不能简单地因人而判断一篇文章。文章固然同作者的思想、性格等因素有着直接的、密切的联系，但文章不等于宣言，它是作者思想感情折光的、艺术的反映。况且，一个人的思想有其复杂的方面，它是随着环境、经历、际遇、年龄等因素的变化而变化的。在一篇文章里不可能反映出作者的全部思想，甚至也不一定反映出他思想的主流。一个人思想的主导方面是积极向上的，而在一些特殊场合下则可能流露出某种消极的情绪，这是常有的事情。我们可以批评它所流露的某种消极的情绪，却不好武断地说这人的那些消极的东西是假的，只有那些积极的东西才是真的。王羲之作为东晋士大夫阶级里的一员，他的"乐"和"悲"都没有摆脱他所属阶级的羁绊，因此《兰亭集序》中所表现出来的作者思想感情上的矛盾，是不足为怪的。这自然不妨碍我们把这篇文章的全文，作为一个有机的整体来加以评价。

那么，对《兰亭集序》的思想内容究竟该怎么评价呢？我认为它的可贵之处是：十分真实地反映了东晋士大夫文人的活动和情致，具有一定的认识价值。首先，作品真实地再现了那次高雅而富有情趣的修禊活动。作者把兰亭周围的景色写得那么美好，把在修禊日的聚会写得那么愉快、雅致、情趣盎然，不仅使我们真切地了解到修禊这种以"流觞曲水"为中心活动的古代风俗的种种情况，而且也唤起我们对美丽的祖国山川的热爱。

其次，作品真实地反映了乐而生悲的这种人们常有的心理活动。王羲之写这篇序文，是在《兰亭会诗集》整理编定之后，作者怀着留恋的心情追记了那次难得的盛会，滋生了若有所失的悲凉感。这种感触也是其他参加兰亭盛会的人所共同的。如孙绰在《兰亭后叙》中便写道："乐与时迁，悲亦系之。往复推移，新故相换。今日之迹，明复陈矣。"这是说一个人对某些事情所产生的快感，往往会随着时间的流逝而变易，一旦它变易之后，忧伤便随之而来。因此，快乐和忧伤总是不断地替换着。今天在人们心中所留下的美好印象，明天就变成了对过去的回忆。王羲之把这种复杂的心理变化如实地记录下来，而且把引起感慨和兴怀的原因，归纳为"所之既倦，情随事迁"和"向之所欣，俯仰之间，已为陈迹"。

但是，应该怎样来认识和驾驭这种正常的心理变化呢？作者由于世界观的局限，陷入了"修短随化，终期于尽"的悲哀中。这自然是消极情绪。我们是彻底的唯物主义者，承认一个人的生命是短促的。但正因为生命有限，就更应该争分夺秒、积极奋发地度过有意义的一生。从这个意义上讲，人的主观努力和作用又是无限的。就是古人，往往因世界观的不同，对寿夭、悲喜的认识也不同。如宋代政治家范仲淹在《岳阳楼记》中说："然则何时而乐耶？其必曰：'先天下之忧而忧，后天下之乐而乐'乎！"是说："那么要到什么时候自己才能得到快乐呢？那一定会这样回答：'在天下人忧虑之前自己先忧虑，当天下人都得到快乐了自己也才去得到这个快乐吧！'"可见，时时刻刻以天下事为己任，那就不会发出"修短随化，终期于尽"的感叹了。

王羲之的这种莫可奈何的感叹，是魏晋时代一般士大夫知识分子思想感情的客观反映。那时战争频繁、社会动乱，统治阶级内部矛盾也异常尖锐（这里包括豪门世族大地主之间争权夺利的斗争，豪门世族大地主与寒门庶族中小地主之间的矛盾斗争）。在这种情况下，一个人往往自己支配不了自己的命运，因此盛事不常的忧虑便随之而来。即或如曹操这样的大政治家，不也发出过"对酒当歌，人生几何？譬如朝露，去日苦多"这样的人生感慨吗！魏晋时代，玄学作为一种哲学思潮风靡于世。它以出身门第、容貌仪止和虚无玄远的"清谈"相标榜，用老庄思想糅合儒家经义，取两汉经学而代之。在它的影响下，许多处于政局迅变中的文人士大夫，都试图从老庄那里寻求灵魂的寄托，自汉而下的清谈之风大为盛行，或表现为愤世嫉俗，蔑视烦琐法度、虚伪礼教；或表现为求仙，隐逸，纵酒，超尘。在这种复杂的社会环境、思想状况下，人生、命运、生死、寿夭等问题，自然成了士大夫知识分子经常关心、议论，并反映在诗文中的主题，而其中也自然掺杂着老庄的消极色彩，如悲观厌世、虚无主义等等。

值得注意的是，王羲之的思想还有比魏晋人略高一筹的地方。他在序文的最后，以过去的人都为死生大事而慨叹，自己也因读到他们的这类文章而产生共鸣、悲感作为论据，巧妙地批判了庄子"一死生""齐彭殇"的虚无主义观点，斥责它是"虚诞""妄作"。如果死和生、寿和夭都是一样的，那么人们为什么会对生命的短促而感叹呢？这就间接地批判了当时许多文人士大夫的那种玩世不恭的处世态度。应予以充分肯定。当然，王羲之没有接着回答，既然死生、寿夭不一样，那么应该怎样正确对待死生、寿夭的问题呢？这是本文不足之处，也是作者不可能回答出来的问题。《兰亭集序》最值得注意的地方，是它所具有的巨大的艺术感染力。文章的精华，是描写兰亭盛会的记叙部分。这部分总共只有124个字，却把这次集会的情景写得那么真切自然、酣畅饱满，写得如诗似画，令人百读不厌。为什么这样少的文字能反映出这么丰富的内容，很值得我们去研究。我感到有以下三点：

第一，清晰而富于变化的记叙顺序。作者采用先总叙后分叙的方法，逐层道出兰亭集会时最重要的事情。作品以平缓的语气开始了总叙：先时间，后地点，再后事由，最后人物，一一作了交代。叙时间，先远后近；叙地点，先大后小；叙人物，先客后主，都能见出清晰的层次。寥寥几笔，便使人对这次集会的情况一目了然。接着是分叙。分叙总的是描写兰亭集会的具体活动。作者为了突出情景交融的艺术效果，采用了交又记叙的安排。先写景物，后写天气，分别穿插人物活动。在写景中又是先山后水，先远后近，有条不紊。按说写罢山水，即当描绘天气。但作者不然：由"曲水"趁笔带出"列坐"；由"流觞"趁笔带出"一觞一咏""畅叙幽情"。而后转写天气，由天气就势记叙与之密切相关的"仰观""俯察""游目骋怀"，最后落脚到一个极有分量的"乐"字。这种灵活多变的记叙顺序，就像连环套一样紧扣，一气贯下，大大增强了文章的气势和艺术力量，而且也节约了不少笔墨，是作者自然、通脱的文风的一种体现。

第二，饱满而真挚的思想感情。作者不是冷静地在写序，而是以"快然自足"的真情衷心赞美那次给人以无限乐趣的聚会。这段最后的那个"乐"字，实际贯穿在整段的字里行间，引起读者强烈的共鸣。这个"乐"，自然不仅是作者个人的，也是客观记录了与会诸人的共同心境。请看："群贤毕至，少长咸集"，这里没有流水账似的一一罗列与会者的冗长名单，而是用"毕""咸"两字，将大家兴高采烈踊跃赴会的情况展现于读者眼前。接下去，"此地有""又有"，两个"有"字，使山水作美人惬意的境况跃然纸上，似乎美好的大自然也注满了与会者的欢乐。再往下，"虽无丝竹管弦之盛"一句，本不是描写兰亭盛会之必需，但它放在这里并非蛇足，而是用以反衬"一觞一咏"的欢快，而这内心的欢快不是优美的音乐所能表达出来的。下面一个"亦足以"，将欢快之情带入第一个高峰，这是乐在能充分地"畅叙幽情"。以下又一个"足以"，欢快之情进入第二个高峰，这是乐在能心情舒畅地充分享受大自然的美色。两个"足"字，使"信可乐也"的"信"字包含着充实的内容。此外，如"修禊事也""是日也""信可乐也"的"也"字，在句中均有不同的语法功能，但顺势诵读，轻松畅快之情溢于言表。我们从这一段亲切优美的文字里，随处都仿佛能听到作者发自肺腑的笑声，从而在无形中受到感染。

第三，具有高度表现力和概括力的语言特色。作品的语言朴素自然，清新流畅，没有丝毫雕琢痕迹；却在朴素中见精美，在晓畅中见凝练。无论记事、状物、议论、抒情，都能恰当而生动地反映现实生活及作者的真情实感，因之，具有传世不衰的艺术魅力。

作品语言的表现力，来自作家对生活的敏锐观察、深入体味，以及语言修养、审美修养和创造精神。《兰亭集序》中的许多词语是经过千锤百炼的，稍动一字就觉得不准，不美，不好。如说树木，用"茂"，因为"茂"字突出了它的主要特征：枝繁叶密。写竹，则用"修"，因为竹子显著的特征是挺直而细长。再如形容目光用"游"，"游"的本意是流，流动，一个"游"字把目光由近及远、随意观览的情状给写活了；写胸怀的开畅，则用"骋"，使人联想到纵马奔驰的气势，余味无穷。而作品语句的简练程度，可以说已难于再改，即或将一字挪动一下位置，就可能须添些字才能道尽原意。如"会于会稽山阴之兰亭，修禊事也"两句，说明集会的地点和原因，若将"会"字挪到"兰亭"之下，那么就得在"会"字前加一两个字，句子才通。正因为这篇短文的语言既准确精当，又生动隽永，所以有不少词组、短语，有的已被固定为成语，有的则经常被人套用，至今仍保持着旺盛的生命力。

这篇作品吟诵起来为什么那么流畅，有味道？还可以从它组句和连句的特点上找原因。王羲之处在以四六句为句式特征的骈体文盛行的时代，但他却能吸取其音韵美的长处，而摒弃其呆板格式的短处。文中没有四六连句，却有许多四四连句，这些连句的平仄又大体是相对的。如"崇山峻岭，茂林修竹"，是"平平仄仄，仄平平平"；"群贤毕至，少长咸集"是"平平仄仄，仄仄平平"；"清流激湍，映带左右"是"平平平平，仄仄仄仄"；"天朗气清，惠风和畅"是"平仄仄平，仄平平仄"；等等。这样读起来铿锵悦耳，朗朗上口。而这些四四句又是穿插在若干参差不齐的散文句之中，使总体上变中有不变，不变中有变。同时，作者为满足表达思想内容的需要，在连句中充分发挥了副词、连词和动词的作用，将其巧妙安排，贯穿通篇。这些，使文章显示出轻重缓急、抑扬顿挫的音韵美，简直酷似一首优美的散文诗！

《兰亭集序》为传诵的名篇。当骈俪盛行之际，出现这样优秀的散文，特别值得我们珍视。

（载北京广播电视大学《作品选讲·三》）

# 杜甫在华州的"诗兴"

## ——兼评郭沫若同志《李白与杜甫》

郭沫若同志《李白与杜甫》一书里曾几处论及杜甫在华州的创作，引《早秋苦热堆案相仍》诗为证，指责"大诗人不耐烦做刀笔小吏"的所谓"功名"思想，继而写道：

> 其实杜甫在华州司功任内不足一年，看来倒是很受到优待的。他秋间到了华州，冬天便远赴洛阳，翌年三四月之交又才从洛阳回华州。在这次旅途中做了不少的诗，有名的《三吏》和《三别》便是在回华州时做的。他自己也承认过："曾为掾吏趋三辅，忆在潼关诗兴多"（《峡中览物》）。假如他是深受束缚，他不会有那样大的自由和那么多的雅兴。但是，到了这一年的秋天，由于关辅地区饥馑，他索性掼掉了乌纱帽，自行离开了华州的职守。这也应该说是分外的自由了。

这里，杜甫在华州的处境和活动，是他"雅兴"的根据，而"雅兴"之作又自然是"功名"思想的证明。

作者还在另一处提到杜甫的《三吏》《三别》，认为它的基本精神是"劝其死王命"，而不是鼓动人民造反，因此不能把它"说成是'为了人民'"的诗章。这样，不仅把杜甫在华州的诗作，而且也把我们常说的杜甫精神全盘否定了。笔者以为，郭老的论断非但不符杜甫一生的品格，而且不符诗人在华州任内的起码事实！

一

诗兴，指的是创作的强烈欲望。这种欲望的产生，或缘事，或为时，或用物，……但总体上说，是客观世界于诗人主观世界的一种反映。因此，研究诗兴的起由，不能笼而统之，似应因事而异，因人而异。如郭老意见，处于顺境必然诗兴大作，恐非合理推断。谁能相信，蔡琰的《悲愤诗》和《胡笳十八拍》是顺境的产物呢？历史上倒不乏这样的实例：面对同一客观事物，有的诗兴盎然，有的却熟视无睹；有的反应敏捷，有的却反应迟钝；就引起诗兴的人说，他们所写的作品，其内涵也因人而异；就是相似的内容，不同的诗人也还有感情上的深浅之别、浓淡之分。这些现象提醒我们：对产生诗兴的复杂起因作具体的科学的分析，将有助于我们去探讨作者思想发展的脉络，有助于对他进行历史唯物主义的评价。

　　杜诗被历代许多评论家誉为"诗史",但杜甫从来不是将诗作为史的代言体,像历史学家那样冷静地评论和撰写历史。他是置自己于火热斗争的时代,敏锐地捕捉重大现实题材,艺术地表达鲜明的态度和炽热的感情。他的诗,是思想的结晶,也是感情的结晶,同时又是时代的一面镜子。基于对民生疾苦超乎寻常的关注,许多错综的社会问题曾时时折磨着诗人的感情,引起他浓厚的诗兴。杜诗里有不少提到诗兴的句子,如"东阁官梅动诗兴""稼穑分诗兴"等等。尤为突出者,是七律《峡中览物》里的两句:

　　　　曾为掾吏趋三辅,忆在潼关诗兴多。

　　"三辅"是泛说,实指华州。杜甫曾于肃宗乾元元年(758年)六月至次年夏末出任华州司功参军,掌管表疏、考课等事;潼关属华州华阴县,诗中以此来概言华州。所谓"忆在潼关诗兴多",即回忆自己在出为华州司功这一年里的诗兴多。是年诗人四十八九岁。而《峡中览物》一诗,当写于代宗大历三年(公元768年)元月中旬至三月之间,即诗人由夔州抵江陵的那段日子里。时隔了近十个年头,还记忆犹新,这是件颇耐人寻味的事。杜甫在华州那年为什么"诗兴多"?这些"诗兴"的内涵又是什么?

　　按常理而论,"诗兴多",必然诗篇多。据统计,杜甫是岁作有五律12首,七律7首,五古11首,七古6首,五排1首,总为37首。比起有些年份来,此时创作的数量并不算多

（如诗人乾元二年秋至冬末，仅半年就写了118首诗），那么，"忆在潼关诗兴多"究竟"多"在哪里呢？显然，这里的"多"，绝非如郭老所理解的"多少"之"多"，绝非指数量之"多"，而是指"诗兴"的质量。这里可能有两种解释：一作"重叠"讲。"诗兴多"，可理解为同一兴致的反复出现，即诗人对某些问题的反复思索，兴至成诗，遂觉兴犹未尽，复命笔相延，连缀成一组乐章。此特点在华州诗作中颇为触目，有名的《三吏》《三别》集中围绕征役问题而发，便是突出的例子。二作称美讲。"诗兴多"亦可解为"诗兴好"，极言诗人对华州诗兴的欣赏与留恋。对照《峡中览物》尾联二句"形胜有余风土恶，几时回首一高歌"所反映的情绪来看，气脉相承，互相对比，也能解释得通。总之，这"多"字的内涵当指质量之高。

杜甫诗兴的产生和当时政治动荡、军事失利的历史背景有着极为密切的关系。唐肃宗昏庸不明，并未吸取玄宗惨痛的教训，面临变乱却图短利而不顾长境，忠奸不分，贤愚不辨，为宠亲张良娣与宦官李辅国所左右，既利用功臣来维持朝廷，又惯用短智小计来对付他们，人事变动极为频繁，以致忠臣智士不得其用，良策美计不为采纳。统治阶级内部的分崩离析，必然导致军事上的节节失利。由于军无统帅，上下解体，加之以劳待逸错误作战计划，造成759年三月邺城大败，九节度使的六十万官兵全部溃灭。这一惨败必然给经历了四年战祸之苦的广大人民带来更为深重的灾难。面对复杂艰虞的社会现实，杜甫忧国之所忧，痛民之所痛，遣兴抒怀，写了上述诗篇，广泛而深刻地反映当时的社会问题。

此外，杜甫诗兴的产生同他的经历也有某种自然的联系。杜甫在华州一年里的活动情况约分为三个阶段：一、乾元元年六月至这年的冬天。除秋天曾往蓝田访崔兴宗，并访王维别墅以外，诗人均在华州。二、乾元元年冬末至次年春天。诗人先由华州返偃师陆浑山庄，乾元二年二月至东京（即洛阳），遂经新安、石壕、潼关回华州。三、乾元二年春天至立秋。诗人均在华州任上。此后弃官西客秦州。

综以上两点，从题材上论，杜甫这一年诗作的内容大体有四个方面：一、对自己及其家庭遭遇的咏叹（9篇）；二、写景绘物（5篇）；三、叙交往赠故人（12篇）；四、直抒国计民生（11篇）。

值得注意的是：前三类题材诗篇多作于华州时期的前两阶段，而后一类则多作于华州时期的后一阶段，这似可窥见诗人思想发展的大略线索。另外，写景绘物那类的诗，借景抒情、以物喻事，每每寓寄自身的遭遇与国家政事之不安。如"巢边野雀群欺燕，花底山蜂远趁人。更欲题诗满青竹，晚来幽独恐伤神。"①许多评论家都曾指出："雀欺燕""蜂趁人"实刺朝廷中妒贤进谗之辈，"独伤神"则言己之被贬斥。再如"当时历块误一蹶，委弃非汝能周防……天寒远放雁为伴，日暮不收乌啄疮。"②"误一蹶""非能防""远放""日暮"，也无不影

---

① 《题郑县亭子》。
② 《瘦马行》。

射着自己不幸的景况。绝不能将它们与士大夫闲情雅兴之作相提并论。唯叙友情的诗作内容较为复杂：有的是怀念故人，而所怀念的又都是政治失意者（如李白、高适），也所谓同病相怜吧；有的是记与故友重逢（如与孟云卿、卫八处士、高式颜），忻喜之余，难免流露出对于动乱岁月的忧伤；有的是感谢艰难旅途中主人的盛情招待（如对姜少府、秦少公），同时也反衬出诗人失意后的处境；还有的是叙访友活动，寄托"老去悲秋强自宽"的情绪（如访崔兴宗、王维）。这类诗缘事寓情，是研究一、四两类作品的重要参考。但总的说来，以一、四两类诗作为主线，弄清杜甫思想的背景和实质，是揭示"忆在潼关诗兴多"的关键。

## 二

　　诗穷而后工，在封建社会里被无数诗人的创作实践所证实。杜甫在华州这一年的景况，绝非郭老所说"很受优待"，十分"自由"惬意。恰恰相反，在这一年里诗人饱经种种挫折，这不仅决定了诗人遣兴的丰富而深刻的社会性，而且决定了他一生的道路。这些挫折约有以下几个方面：

### 一、政治上的沉重打击

　　乾元元年六月，杜甫坐房琯事，由左拾遗贬为华州司功。连降两级，不能不说是他功名欲望的严重挫折。而真正使他遭受打击的是他的忠君思想和政治抱负。无疑这是更为重要的。

他初到华州的第一首诗中说得很清楚：

> 此道昔归顺，西郊胡正繁。
>
> 至今残破胆，应有未招魂。
>
> 近侍归京邑，移官岂至尊。
>
> 无才日衰老，驻马望千门。①

先忆去岁冒死由叛贼治下的长安走凤翔、投肃宗的往事，接写今日之被黜只怨自己无才与衰老，而一颗恋恋不舍的忠心却永远向着皇上。"移官岂至尊"，显然有诗人难言之苦。查房琯在至德元年十月与安禄山兵战屡次败绩，次年四月罢相，贬为太子少师。次年六月再次被贬。据史载："宾客朝夕盈门，其党为之扬言于朝云：'琯有文武才，宜大用。'上闻而恶之，下制数琯罪，贬幽州刺史。前祭酒刘秩贬阆州刺史，京兆尹严武贬巴州刺史，皆琯党也。"②这里没有提到杜甫、贾至等人。其实杜甫之移官也与此事有关。杜甫是房琯最得力的辩护士，曾多次向皇帝称述，有至德二载六月一日《奉谢口敕放三司推问状》为证：

> 窃见房琯以宰相子，少自树立，晚为醇儒，有大臣体。时论许琯必位至公辅，康济元元……臣不自度

---

① 《至德二载，甫自京金光门出，间道归凤翔，乾元初从左拾遗移华州掾，与亲故别，因出此门，有悲往事》。

② 《资治通鉴》卷220。

量，叹其功名未垂，而志气挫衄，觊望陛下弃细录

大，所以冒死称述。

甫与琯"有布衣之交"，深知其为人与功过，之所以替他
"冒死称述"，目的是"康济元元"，让琯能为朝廷发挥己长。
然而，事与愿违，由于北海太守贺兰进明之辈"与琯有隙"，
妒琯之才，肃宗又轻信谗言，杜甫不仅未能救得房琯，而且连
自己也落得个同刘秩、严武等一样的下场。因此，"移官岂至
尊"，似乎替皇帝开脱，实际却暗寓逐臣之痛。

杜甫对得势于圣上左右的谗臣是深恶痛绝的，对皇帝轻信
嬖人、不信任忠良、堵塞言路是深以为忧的，他的不少诗往往以
此为主题。如《独立》大胆指出"草露亦多湿，蛛丝仍未收"，
自比在鸷鸟逞抟击的现实下，未敢自由往来的白鸥，长叹独立之
不易。另如《瘦马行》《题郑县亭子》等诗，也多由此而引发。
鉴于这种政治上的忧虑，杜甫对因李辅国多次语毁而遭贬黜的高
适，因被以不白之冤而长流夜郎的李白自然寄以莫大的同情：

安稳高詹事，兵戈久索居。
时来如宦达，岁晚莫情疏。[1]

稻粱求未足，薏苡谤何频。
五岭炎蒸地，三危放逐臣。[2]

---

[1] 《寄高三十五詹事》。
[2] 《寄李十二白二十韵》。

看来，蒙冤者并非仅杜甫一人，而他们的罹祸又无不与朝廷昏聩、小人得势有着密切的关系。

其实，由于圣上不明而令忠贤遭难，不仅于杜甫时代，而且于整个封建时代都是一个解决不好的重大社会问题。杜甫因其儒家忠君思想所限，不可能把批评的矛头直指皇帝，而只能直指那些倚仗进谗弄术得以荣升的蚊蝇，但从这些诗章中，不也客观地抨击了最高统治者的不公允吗？诗人的这些诗，显然不是从个人功名地位，而是从国家的安危来考虑的。试看他乾元二年初春写的《洗兵马》：

> 鹤驾通宵凤辇备，鸡鸣问寝龙楼晓。

一旦肃宗未听信宠妾张良娣对卓有战功的皇太子广平王的语言而加以信任，朝廷的"内嫌"渐消①仍为华州司功的杜甫，是以何等热烈之情来加以礼赞呵！我们可以说，杜甫在政治上的失意反映了当时广大正直的士大夫的共同遭遇，是有其社会背景和典型性的。诗人以此为主题命笔的乐章，集中抒发了他理想未得伸、耿耿忠心未能报的惆怅情怀。

## 二、恶劣环境的无情摧折

诗人是爱交游的。但自离开长安到华州以后，生活颇为寂

---

① 从浦起龙说，见《读杜心解》卷二之一。

窦。最令他难忍的是，一帮地方上的市侩小人欺他是降职之官，对他很不尊重。他的直接上司华州州牧郭某即是一个乘人之危的"啄疮鸟"。杜甫刚上任，便代郭某作《试进士策问》及《进灭残寇形势图状》，郭某只不过把他当刀笔苦吏使唤，根本不重才干，不讲情谊。明代王嗣奭说得好：

> 公厚于情谊，虽邂近间一饮一食之惠，
> 必赋诗以致其铭佩之私，俾垂名后世，
> 郭公与周旋几一载，而公无只字及之，
> 其人可知，不免宝山空手矣。①

杜甫作《早秋苦热堆案相仍》诗，即针对此州牧的不通情理而发兴：

> 七月六日苦炎蒸，对食暂餐还不能。
> 每愁夜中自足蝎，况乃秋后转多蝇。
> 束带发狂欲大叫，簿书何急来相仍！
> 南望青松架短壑，安得赤脚踏层冰？

诗人上任不久，就遭遇炎热之苦，连饭都吃不下，加之蝎子、苍蝇逞威，实在令人难受。杜甫对此陌生的恶劣环境多么不惯啊！郭某非但不体谅照顾，反而把沉重、繁杂、单调的文

---

① 《杜臆》卷之二。

役没完没了地加在他头上，使他喘不过气来。诗人无权拒绝官差，只得忍气吞声，只得寄望于踏冰解暑，聊以自慰。仅从这里，就可看到所谓"很受优待"之说是站不住脚的。对此，王氏还有一段中肯的论述：

> 公以天子侍臣，因直言左迁州掾，长官自宜破格相待。公以六月到州，至七月六日，而急以簿书，是以常掾畜之，其何以堪？……于"簿书何急"微露意焉。①

显然，诗中逼真的描写，绝不如郭老所说活现了诗人对"做刀笔小吏"的"不耐烦"，而是活现了世态炎凉的冷酷环境，以及它对杜甫的令人同情的摧折！

在如此恶劣的环境下，诗人自然需要寻找温暖，寻找知音，寻找亲人，寻找精神上的种种寄托，所以才有访友探亲的出走。

（按：郭老以为杜甫能请较长的探亲假是州牧优待的证据，非也。于任上告假探亲，本是封建法律制度所容。《新唐书·杜甫本传》载，至德二载"时所在寇夺，甫家寓鄜，弥年艰窭，孺弱至饿死，因许甫自往省视"。可见，准省亲乃寻常事。华州离偃师较近，多年战乱，回家看看也是常理，州牧自不能阻拦。）杜甫在先后两次出走中遇到不少至亲故友，也遇到许多不幸：

---

① 王嗣奭：《杜臆》卷之二。

> 故人还寂寞，削迹共艰虞。①

> 访旧半为鬼，惊呼热中肠。②

> 老去悲秋强自宽，兴来今日尽君欢。③

足以看出诗人当时的心境——多么希冀去弥补精神上的创伤，然而，由于战乱所带来的凄凉，这种弥补却总是有限的！

偶遇的一些新交对诗人出乎意料的盛情款待，倒使他被凌辱的自尊心得到一些慰藉：

> 可怜为人好心事，于我见子真颜色。
> 不恨我衰子贵时，怅望且为今相忆。④

> 今日时清两京道，相逢苦觉人情好。⑤

诗人带着辛酸泪"苦觉"出来的"人情好"，不正是对华州"人情恶"的反衬么？乾元二年立秋之后，杜甫终于决计要离开这讨厌的鬼地方了：

---

① 《赠高式颜》。
② 《赠卫八处士》。
③ 《九日蓝田崔氏庄》。
④ 《阌乡姜七少府设脍戏赠长歌》。
⑤ 《戏赠阌乡秦少公短歌》。

平生独往愿，惆怅年半百。
罢官亦由人，何事拘形役？①

这首是对华州的告别诗，同陶潜的《归去来兮辞》有某些相似之处：

既自以心为形役，奚惆怅而独悲！
悟已往之不谏，知来者之可追。

只是杜甫较陶潜更直率。杜甫辞官，比陶潜要有更大决心。因为处在子美的时代，并无陶令的安乐窝可隐。是时关辅饥馑，甫有家难归。离华州客居秦州后，"自负薪采梠，儿女饿殍者数人"，可见，子美决计罢官华州司功，绝非受"功名欲望"驱使，亦非为逃避饥馑去追求安乐自由，而是为了表示出对于压抑和桎梏的激烈抗议！摧折之下不弯腰，正是诗人十分难能可贵之处。

### 三、接踵而至的家庭不幸

杜甫从华州回到陆浑山庄故居，大约停留了两月之久，但留下的诗篇仅有三首：《忆弟二首》和《得舍弟消息》。前两首抒写自己对于因丧乱而"饥寒傍济州"的弟弟的怀念。后一首

---

① 《立秋后题》。

写战乱中兄弟家庭的不幸：

> 乱后谁归得，他乡胜故乡。
>
> 直为心厄苦，久念与存亡。
>
> 汝书犹在壁，汝妾已辞房。
>
> 旧犬知愁恨，垂头傍我床。

最不幸的是返回华州后得知从弟死于河间的消息，《不归》：

> 河间尚征伐，汝骨在空城。
>
> 从弟人皆有，终身恨不平。

　　再次点明诗人家庭的不幸遭遇，是同该诅咒的"安史之乱"有着直接的关系。这也许是他"恨不平"的最大缘由吧！

　　综上所述，杜甫在华州的一年处于逆境，他在逆境中苦斗，恐无"雅兴"去写消闲之作。逆境给予诗人精神上的沉重打击，使他在个别诗篇中难免夹杂着一星点消极遁世的句子，但却促使他重新估计自己，深刻认识现实、深入接近人民，为他提供了今后创作的良好条件。

## 三

　　杜甫的伟大在于：他深受儒家思想的束缚，但他却能自觉摒弃"穷则独善其身"的儒术消极因素，不断摆脱个人得失的羁绊，在逆境中自觉发展忧国忧民的积极因素，"身在江海之上，心居乎魏阙之下"。所以他能与国共患难，与民共甘苦，立足历史的高巅，呐喊出时代的强音。

前文提到，杜甫在华州活动的后期，以直写国事民苦的诗篇为主。这一现象，与邺城败绩的形势有关，与诗人由偃师返华州途中的经历见闻有关，更与诗人思想认识的发展有关。与前期《早秋苦热堆案相仍》诗相对照，后期写的《夏日叹》诗的情调迥然不同了：

> 雨降不濡物，良田起黄埃。
> 飞鸟苦热死，池鱼涸其泥。
> 万人尚流冗，举目唯蒿莱。
> 至今大河北，化作虎与豺。
> 浩荡想幽蓟，王师安在哉！
> 对食不能餐，我心殊未谐。
> 眇然贞观初，难与数子偕。

前诗"对食暂餐还不能"，仅以个人苦热着墨，后诗"对食不能餐"，则从国难民苦落笔了。

与此相连的是大大增强了诗歌中忧国忧民内容的深度与广度。在复杂艰虞的现实生活中，诗人广泛而深刻地揭示"安史之乱"给人民带来的重重灾难，热烈鼓吹加速平叛斗争的胜利以促进和平与安宁，同时创造了"即事名篇，无复依傍"的新乐府形式来反映这些明确而深刻的主题，使自己诗歌的人民性、民族性达到一个崭新的境界。从这个意义上讲，杜甫在华州的一年，确实是诗兴最佳的一年，这一年的某些作品奠定了杜诗的"诗史"地位。

杜甫这时期以《三吏》《三别》为代表的诗章，对战争加予人民灾难的无情揭露，各家早有定评。这些揭露有如下特点：

一、广泛性。诗的触角涉及"三年笛里关山月"中的一切受损害者。杜甫向人们展示了"万国尽征戍，烽火被冈峦。积尸草木腥，流血川原丹"这幅残酷景象的现实画卷。在这幅画卷中，有诗人自己，有亲朋，更有广大的贫苦民众。无论是无家可归的士兵，"暮婚晨告别"的新婚夫妇，"子孙阵亡尽"的老战士，还是被抓走的新安"中男"、石壕老妇，谁都逃不脱这场战争的灾难。

二、典型性。杜甫不是停留在对战乱景象的表面描绘上，而是对现实生活进行了高度的提炼与概括，塑造出各式各样不朽的典型形象，从而更为深刻地揭示了战争的残酷性。如《石壕吏》中作者通过老妇人的哭诉，不仅写出了她自己被带去应役的遭遇，而且写出了她全家的悲惨遭遇。再如《无家别》中，作者通过战败归来的老战士的亲身见闻，真实地概括了战乱给家乡带来的变化：

> 我里百余家，世乱各东西。
> 存者无消息，死者为尘泥。
>
> 但对狐与狸，竖毛怒我啼。

　　四邻何所有？一二老寡妻。

　　由家乡的变化，又转述到了自己一家的可悲境遇和他痛绞肺腑的心绪：

　　永痛长病母，五年委沟溪。
　　生我不得力，终身两酸嘶。
　　人生无家别，何以为烝黎！

　　既已无家，还要与家告别，这是对现实的多么辛辣的讽刺啊！

　　三、寓以真挚的同情。杜甫不是纯客观来描写战乱之苦，而是饱含着血泪控诉：

　　吏呼一何怒，妇啼一何苦！

　　作者的态度是十分鲜明的。

　　夜久语声绝，如闻泣幽咽。

　　读者会感到，杜甫仿佛也在同老翁一起，为老妇的被抓走而抽泣不止。读了这些熔铸着真挚同情和满腔义愤的诗篇，我们禁不住也要和杜甫一起感叹："天地终无情""何以为烝黎！"

　　作者的同情还遍及正在服役的士兵：

> 念彼荷戈士，穷年守边疆。①

> 士卒何草草，筑城潼关道。②

杜甫的人道主义精神是广博而深厚的。

四、对战败的鞭笞。杜甫的同情与义愤，同当时邺城大败有着密切关系。官兵败绩，必然加难民众，而诗人的同情与义愤必然愈加强烈。《三吏》《三别》都是以此为背景的。

> 我军收相州，日夕望其平。
> 岂意贼难料，归军星散营。③

> 贱子因阵败，归来寻旧蹊。④

这是对战败的直接揭露与鞭笞。因为邺城败绩，统治阶级为了保住东京，急忙加固沙阳的防守，所以才有新妇、老伴、儿媳、送行者……的种种悲剧产生，作者深刻揭示了人民灾难的一个重要原因。

那么，如何消除战争的灾难，解救人民的痛苦呢？按郭老

---

① 《夏夜叹》。
② 《潼关吏》。
③ 《新安吏》。
④ 《无家别》。

的意见，大概只有鼓励人民起来造反这一条路了，否则，便谈不上人民性。这种观点是从本本概念演绎出来的，是不切实际的。认为只有写人民造反或鼓动造反的作品才有人民性的话，势必对古典作品采取彻底的虚无主义态度。杜甫出身儒门世家，"任何一个时代的统治思想始终都不过是统治阶级的思想"[①]。儒家思想既然支配着整个封建时代，那么自然也支配着杜甫的思想和活动。尽管杜甫由于现实主义的创作态度和方法，做出过惊人概括："不过行俭德，盗贼本王臣"[②]。也表示过对儒术的唾弃："儒术于我何有哉？孔丘盗跖俱尘埃！"[③]但因其阶级地位的局限，杜甫不可能支持人民造反。我们绝不能以此苛求杜甫和一切古人。反对造反与不为人民毕竟是有区别的。评价一个作家、一部作品是否具有人民性，首先当视其对历史发展的态度——促进抑或促退？其次，应看是否从主观或客观上反映了人民的某些意愿。

从当时的历史条件来看，玄宗天宝十四载（755年），因统治阶级腐化而引起的"安史之乱"，是唐王朝由盛而衰的转捩点。这场延续了近十年的叛乱，是对国家和民族的一次浩劫。中央平乱与地方叛乱的战争，固然是统治阶级内部矛盾激化的表现。随着战争的进展，又必然使国内的阶级矛盾更加激化。但是，中央平乱的成败，却直接关系着国家的统一与生存、生产力的保护与发展、人民的生活与安宁。因此，平乱斗争无疑具有相

① 《共产党宣言》。
② 《有感五首》。
③ 《醉时歌》。

对的正义性质，有利于历史的发展，客观上也符合人民的切身利益。从这些意义上讲，在战火遍及的北方，统治阶级的内部矛盾统率着阶级矛盾及其他社会矛盾。杜甫在华州的一年，正是叛乱第三四个年头，围绕卫州、邺城的战役在紧张进行，两京面临着得而复失的危险。诗人已深感到战争所造成的种种悲剧，常常在国家长远利益与人民现实苦难的矛盾面前踌躇莫展。然而，他始终没有忘记这场平叛斗争的正义性质，从来没有像过去反对唐明皇开边战争那样反对这场战争。恰恰相反，他始终从国家和民族的最大利益出发，表示出自己鲜明的政治立场——坚决支持平定安史叛乱！他认为，解救广大人民现实痛苦的最好办法不是别的，只能是促进平叛斗争的早日胜利：

河广传闻一苇过，胡危命在破竹中。

安得壮士挽天河，净洗甲兵长不用。①

表达了他必胜的信念和光辉的理想：用正义战争消灭非正义战争，最后取缔战争，天下永得和平安宁。尽管这是乌托邦式的幻想，但它毕竟反映了人民的实际愿望。

可贵的是，杜甫不是停留在一般的表态上，而是以这场斗争实际参加者的姿态来完成自己诗歌的历史使命。总的说来就是：一切有利于平乱胜利的因素必扶植之、鼓吹之，一切不利

————————————

① 《洗兵马》。

于平乱胜利的因素必鞭笞之、唾弃之。

## 一、关切战局，鼓舞士气

杜甫处处表示出对战局发展的关注，提出自己的军事见解。如乾元元年九、十月间，郭子仪、李光弼等九节度使率兵去邺城征讨安庆绪，当这支二十万人的浩荡大军路过华州，杜甫写了《观兵》诗深表对讨贼元帅的忧虑：

> 妖氛拥白马，元帅待雕戈。

事实证明诗人的忧虑颇有道理。在战略决策中，鱼朝恩拒纳李光弼等的正确建议，每每丧失了战机，尤其是在攻打邺城的战役中，乾元二年二月，安庆绪已被围困得粮草殆尽，但因军无统帅，上下解体，唾手可得的胜利果实，又拱手奉还了敌人。杜甫还在本诗中，提出了正确的战略主张：

> 莫守邺城下，斩鲸辽海波。

指出官兵应直捣安、史在东北的老巢。老巢攻破，邺城便不攻自弃了。杜甫这一主张，还包含着他以往的深虑："今残孽虽穷蹙日甚，自救不暇，尚虑其逆帅望秋高马肥之便，蓄突围拒辙之谋。"①战势发展的结果，完全证实了诗人的军事预

---

① 引《为华州郭使君进灭残寇形势图状》。

见性：史思明在乾元元年十二月攻陷魏州之后，便积极蓄备人马，于次年二、三月间引兵救邺，致使官兵大败。难怪浦起龙惊呼道："观此，知公之论事，不在邺侯下关；尚安得以诗人目之！"杜甫鉴于历史上的许多教训，在《留花门》诗中，对回纥遣骑兵助战一事十分担心：

> 胡尘逾太行，杂种抵京室。
> 花门既须留，原野转萧瑟。

如此深谋远虑，虽遭贬斥，却仍行左拾遗的职责，非为杜甫，岂有他人？

在《潼关吏》诗中，杜甫特别告诫驻守的官兵要记取以往的教训，不要再犯战略上的错误：

> 哀哉桃林战，百万化为鱼！
> 请嘱防关将，慎勿学哥舒！

杜甫在《观安西兵过赴关中待命二首》《洗兵马》《潼关吏》等诗中，还追述了官兵们往日的战功，以鼓舞他们努力夺取胜利。

## 二、鼓励人民，同心抗敌

《三吏》《三别》真实记录了人民所受的战乱之苦，提醒统治阶级不要重蹈邺城败绩的覆辙，但它又真实记载了蕴藏于人民群众中的抗敌积极因素，表彰了他们大义勇为的精神。如石壕村的那位老妇人，尽管自己的三个孩子全交给了国家，其中有两个已战死邺城，但为了"急应河阳役"，仍不顾年迈力衰，主动要求随差役去军营做饭；再如那位新娘子，尽管舍不得丈夫匆忙应役，但却能顾大局、识大体，反复劝慰，叮咛丈夫"努力事戎行"，并表示自己"与君永相望"的决心，情理交至，十分感人；又如那位老战士离别老伴，主动再度从军的悲壮场面，着实催人肺腑！这些复杂而真实的艺术形象表明：人民尽管深受战乱之苦，但心却是向着平叛斗争的。作者对他们的英勇行为满怀同情，又隐寓赞誉。显然，诗人也是勉励他们"努力事戎行"。如果说，这就是杜甫"劝其死王命"的基本精神之所在的话，那么我们可以毫不含糊地说：诗人的态度是符合历史趋势的。

对于当时居于次要地位的阶级矛盾杜甫是不是就不顾了呢？也不尽然。为了保证人民同心同德抗敌，杜甫批评了石壕差役的蛮横态度，这同他赞美郭子仪爱兵如父兄恰好形成鲜明的对照，但目的是一致的：缓和阶级矛盾，以利于共同的平叛斗争。

从以上的分析我们可以清楚地看到："穷年忧黎元，叹息肠内热"的杜甫在华州的一年，是在艰难中苦斗的一年，是深刻认识现实、深入接近人民的一年，是思想急剧发展、诗兴多的一年。

行文至此，又不禁想到郭老在1962年的一段精彩的论述：

时代和境遇逼迫着杜甫不能不睁开内在的眼睛，不能不

"穷年忧黎元，叹息肠内热"，这就是他的诗歌能有巨大成就的根本原因。他对于人民的灾难有着深切的同情，对于国家的命运有着真挚的关心，尽管自己多么困苦，他是踏踏实实地在忧国忧民。而这忧国忧民的热情，十余年间，始终没有衰竭过。"安史之乱"以后，举凡政治上、经济上的重大事件，杜甫所接触到的人民的疾苦和愿望，他用他的笔蘸满着血泪，把它写了出来，他的诗歌是当代的一面镜子。他所反映的现实，既真实而又生动，沉痛感人，千古不朽。实在的，艰难玉成了我们的诗人。①

郭老说得是多么好呵！我想这样评价杜甫，基本上是符合客观实际的。

（载《文学评论丛刊》第五辑·古典文学专号，1980年）

---

① 《诗歌史中的双子星座》1962年6月9日《光明日报》。

# 政治功利与白居易新乐府

前一时期，《光明日报·文学遗产》专栏载文，对白居易的诗歌理论、新乐府创作以及他倡导的新乐府运动提出了许多新见解，颇受启迪。静而思之，又觉某些观点难于苟同，如说：由于"白居易的新乐府是他为政治服务的诗论支配下的产物"，因此，非但"题材十分狭窄"，而且"立意不新不深"，"简直成了'时代精神的单纯的传声筒'，读之了无余味，这不能不说是艺术上的失败。"（《文学遗产》第692期）这未免失于偏颇。

任何文学作品都是主观对客观的反映，都是时代的、民族的、阶级的产物，而同时又是作者人格、个性的化身，故一般说来，文学作品总是同一定的社会、历史及个人的因素相联系，也就必然带有某种功利的性质，只不过功利的性质有别、范畴各异罢了。因此，我们不能简单地以政治功利与作品的成就相对立，更不能以是否含有政治功利作为衡量作品优劣的尺度。兴、观、群、怨是儒家诗论的要旨，可谓十足的政治功利主义，但根据它而创作的诗三百篇，仍然构成了我国诗史上的第一个高峰。屈原作《离骚》，杜甫作《北征》，皆有政治功利之嫌，但它们亦不失为不朽之作。凡此种种，举不胜举。白居易作新乐府，以"讽""喻"而达到"诚"的目的，政治功利十分清楚，但论者所指责白诗的种种弊病，似乎与此关系不大；即或诗人在《和答诗十首序》中自我批评了新乐府的艺术缺点，也未曾反悔其"为君、为臣、为民、为物、为事而作"的初衷，而是与元稹切磋如何"为"得更好的问题。笔者以为，把艺术创作中的政治功利唯一化固然不妥，但政治功利本身却无可指责。白居易新乐府的缺陷，似应从其他方面去寻找原因。

新乐府创作，尽管有其曲折变化过程，有这样那样的缺陷，但它作为中唐时期的重要文学现象，毕竟标志着一代诗风的巨变——更自觉地把诗歌当作武器，用通俗的语言、讽喻的手法直接评点时事。因此而使我国诗坛上涌现出类似诗体报告文学兼政论的样式。这是诗人在儒家积极思想指导下，对诗歌如何更好地反映现实所作的可贵探索。除了及时以外，它有三个特点：一、主题明确。白氏作新乐府五十首，每首均拟有正题与副题，正题点明所咏之事或物，与正文"首句标其目"配合、强调，使人一目了然；副题则表明作诗的目的及对时事的褒贬态度，即今天所谓的主题思想。它与"卒章显其志"相互补充说明，唯恐读者不领会。这样做尽管有"意太切"之弊，但对明确主题，发挥诗歌讽兴时事的作用也不无好处。当然，有时诗人所确定的主题思想与诗歌的客观效果并不一致，如

《井底引银瓶》的副题为"止淫奔也"，但实际却生动反映了唐代妇女对婚姻自主的要求及她们的悲惨命运，而作者也寄予了同情，且不论。二、对象明确。尽管全部新乐府的写作均有"愿得天子知"的意图，但具体篇目的读者对象仍有所侧重，如《七德舞》《百炼镜》《八骏图》《李夫人》《采诗官》等，直接为君而作；《道州民》《背石》《涧底松》《陵园妾》《天可度》等，着重为臣而作；《新丰折臂翁》《红线毯》《缭绫》《卖炭翁》《井底引银瓶》等，则主要是为民而作。三、效用明确。诗人无论"美"或"刺"，欲达的效用无外乎两方面，或则"补察时政"，如《司天台》《捕蝗》《城盐州》《缚戎人》《杜陵叟》等篇；或则"泄导人情"，如《母别子》《时世妆》《井底引银瓶》《草茫茫》《古冢狐》等篇；或则二者兼有，如《昆明春水满》《五弦弹》《骊宫高》《牡丹芳》《骠国乐》等篇。新乐府的这些特点，显然增添了古典诗歌的功能，强化了诗歌反映时事政治和改革社会的自觉性。

白居易从"救济人病，裨补时阙""上下交和，内外胥悦"的政治目的出发，在新乐府中对当时的社会问题作了广泛披露；政治、经济、军事、外交、文化、道德、风俗，无所不包；帝王将相、宫女商妇、士卒农夫，无所不及，中唐时期最严重的社会问题——土地赋税、宦官擅权、藩镇割据，诗中作了相当深刻的揭露。其他如妇女命运、官场黑暗、边将不力等社会弊端，均有较为集中的反映。诗人敏锐的目光，注意到了常人易于忽略之处，如写盐商妇的阔绰、悠闲，见当时商业经济的发展；又如写唐以诈骗手段与回鹘易马事，弥补了史书之阙。诗人又不满足于写眼前景、当时事，有时借古讽今，有时抚今思变，每每见微知著。如从"隋堤柳"而想到"萧墙祸"，从流行时妆而想到边患，等等。诗人"美刺"的矛头，遍及社会各个角落，各个阶层，甚至皇帝。如《黑潭龙》诗，不仅淋漓尽致地描绘出封建王朝贪污集团的种种丑恶，而且也给皇帝捎上一笔："丰凶水旱与疾疫，乡里皆言龙所为。"多么大胆的挑战！难怪陈寅恪先生把白居易的新乐府五十首誉为"唐代诗经"！如此丰富的内容，怎能说"题材十分狭窄"呢？

白居易的新乐府，是对《诗经》、汉乐府、陈子昂、杜甫的精神、风格、写法的继承，但又有所发展。诗人在诗文中曾多次提到他所受的启发和影响，元稹则在《乐府古题序》里详述了他们学习杜甫新题乐府的缘由。陈寅恪《元白诗笺证稿》指出："实则乐天之作，乃以改良当日民间口头流行之俗曲为职志。"新乐府究竟"新"在哪里？与古乐府比，它既不因袭古题，又直歌时事，区别很明显。与曹魏以来"寓意古题，刺美见事"的乐府相比，它文题一致，且押韵、句式更自由。与杜甫"即事名篇，无复依傍"的新题乐府相比，它更注意吸取民谣俚曲的长处，口语入诗，散文句入诗，多用如敦煌变文俗曲常用的三三七句式，语言更通俗，音韵、节奏变化更多，"其体顺而律，可以播于乐章歌曲也。"（《新乐府序》）这种艺术探索，显然与诗人复古采诗制的夙愿有关，因为便于歌唱，则便于传播，便于为上所闻："欲开壅蔽达人情，先向歌诗求讽刺！"（《采诗官》）

诗人的努力并没有落空。他作新乐府时虽然正值左拾遗任上，但他到底是早年便被顾况赏识的才华横溢的诗人。的确，在新乐府中或多或少显露出谏官的影子，但更多的还是救世济人的诗人的气质！首先，新乐府不是奏章，更不是"时代精神的单纯的传声筒"，而是一篇篇充满感情的爱国爱民的诗作。所谓传声筒，当指统治集团所奉行的政策的图解。如是，与诗人复古采诗之意则大相径庭。新乐府既然带有报告文学兼政论的特色，自免不了理念的陈述。难得的是，诗人并非枯燥说教，而是寓理于事，寓理于情；诗人也不是简单纪实，而是从生活中提炼出各种各样典型，让形象来说话。无论是折臂翁的曲折经历，还是上阳宫女辛酸的一生，都使我们联想到这些典型人物所道出的社会问题。再则，新乐府中确有极少数公式化、概念化的作品，但多数诗篇立意不俗、形象饱满、语言活泼，能给人以美感，其中如《道州民》《西凉伎》《上阳白发人》《红线毯》《杜陵叟》《新丰折臂翁》《缭绫》《陵园妾》《杏为梁》《井底引银瓶》《卖炭翁》等，都是文学史上久为传诵的名篇。还有不少诗作在艺术上可供借鉴，如几篇描写音乐的作品，特别是《五弦弹》中对赵璧五弦技艺的摹写，极为传神，可以说是诗人《琵琶行》里对琵琶弹技那段精彩描绘的雏形。统而观之，白居易的新乐府无愧于历代评论家对它的赞誉，它无论从思想的进步性还是从艺术的创造性上，都为诗人在文学史上的地位奠定了坚实的基础。

由于新乐府是诗人在创作上的一种探索，因此艺术上总难免留下某些缺陷，正如诗人在《和答诗十首序》中所意识到的，一是"理太周则辞繁"，缺乏简练；一是"意太切则言激"，不够含蓄。这是一个事物的两个方面，理周意切并没有什么不好，但过了头就会有损诗意。他的一些优秀诗篇，不能都像《卖炭翁》《红线毯》《杜陵叟》那样，在结尾时使诗歌主题进一步升华，"沁人心脾，耐人咀嚼"（赵翼《瓯北诗话》），而是过露过直地"显志"，妨碍了读者的联想。其次，有时诗人觉察到了的社会问题，还没来得及作深入的生活体验，便急忙道出，这也造成他有些诗形象欠生动，立意欠深刻，理性多于感性，感染力不足。但即使是这些诗，仍然一事一旨，"其钩心斗角，接笋缝处，殆于无法不备"（翁方纲《石洲诗话》），具有很强的逻辑性和说服力，艺术上并非毫无可取之处，更谈不上"艺术上的失败"。我们如果从诗体报告文学兼政论去解释白居易的新乐府，那么对它的得失便会作出较为公允的评价。

（载《学习与探索》1986年第4期）

# 后　记

生活是创作之源。

感谢生活，它让我看到旖旎的风光；闻到扑鼻的花香；听到悦耳的歌声；触到清澈的溪流……

一切是那么地曼妙可人，那么地极富灵性，又那么地生机勃勃……

我热爱生活，我热爱创作。

创作是多么美妙的事情，它让我心飞翔！每当那美好的时刻——创作灵感来临之时，我的心灵之窗便会大开，而迎来的是和煦的风、温暖的光。

我视付出为拥有，总把苦酒当甘露。生活给了我一切，创作带给我无限的乐趣。在今后的日子里，我将不会停下手中的笔，一如既往地在创作的路上不断探索、不断追求！

最后，我想说的是，特别感谢我的夫人对我出书的鼎力相助、无私奉献。可以这样说，没有她的付出，不可能有我的诗集和自选集的圆满问世。我为有这样一位懂我、疼我的夫人，感到十分欣慰。祝愿夫人永远健康快乐。

辛丑之春